U0924718

向上吧！诗词

腹有诗书气自华

（哲思卷）

《意林》图书部 编

本册主编：樊迎鑫／童恩兵／刘梦佩

上海文艺出版社
Shanghai Literature & Art Publishing House

图书在版编目（CIP）数据

腹有诗书气自华．哲思卷 / 《意林》图书部编．-- 上海：上海文艺出版社，2019
ISBN 978-7-5321-7325-9

Ⅰ．①腹… Ⅱ．①意… Ⅲ．①古典诗歌—诗歌欣赏—中国 Ⅳ．① I207.2

中国版本图书馆 CIP 数据核字 (2019) 第 167399 号

发 行 人：陈　徽
责任编辑：陈　蔡
丛书策划：徐　晶
特约策划：石　艳
本册主编：樊迎鑫　童恩兵　刘梦佩
特约统筹：王来宁
特约编辑：郭妙霞
封面设计：资　源
美术编辑：郭　宁　李雪菲
封面供图：呼葱觅蒜

书　　名：腹有诗书气自华　哲思卷
编　　者：《意林》图书部
出　　版：上海世纪出版集团　上海文艺出版社
地　　址：上海市绍兴路 7 号　200020
发　　行：上海文艺出版社发行中心发行
　　　　　上海市绍兴路 50 号　200020　www.ewen.co
印　　刷：河北盛世彩捷印刷有限公司
开　　本：700×1000　1/16
印　　张：11
字　　数：300,000
印　　次：2019 年 9 月第 1 版　2019 年 9 月第 1 次印刷
I S B N：978-7-5321-7325-9 / I.5822
定　　价：36.00 元

目 录 CONTENTS

哲理篇

诗词 AB 面

名人万花筒

诗词小真相

诗词 AB 面

名人万花筒

诗词小真相

惜时篇

诗词 AB 面

名人万花筒

诗词小真相

诗词 AB 面

名人万花筒

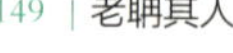

诗词小真相

忧思篇

诗词 AB 面

名人万花筒

诗词小真相

哲理篇

『菩提本无树，明镜亦非台。』『近水楼台先得月，向阳花木易为春。』哲理诗给人以思考，给人以启迪，让人豁然开朗，明白事理。诗人用言简意赅的语言道出世间万象万物带给人另一面的启示，内容深沉浑厚、含蓄隽永。

李白，字太白，号青莲居士，又号“谪仙人”，唐代伟大的浪漫主义诗人。

将进酒

［唐］李　白

君不见黄河之水天上来，奔流到海不复回。
君不见高堂明镜悲白发，朝如青丝暮成雪。
人生得意须尽欢，莫使金樽[①]空对月。
天生我材必有用，千金散尽还复来。
烹羊宰牛且为乐，会须一饮三百杯。
岑夫子，丹丘生，将进酒，杯莫停。
与君歌一曲，请君为我倾耳听。
钟鼓馔玉不足贵，但愿长醉不复醒。
古来圣贤皆寂寞，惟有饮者留其名。
陈王昔时宴平乐，斗酒十千恣欢谑[②]。
主人何为言少钱，径须沽[③]取对君酌。
五花马，千金裘，呼儿将出换美酒，与尔同销[④]万古愁。

解读赏析
JIEDU SHANGXI

“太白此歌，最为豪放，才气千古无双。”

本诗是李白赐金放还后所作的一首古体诗。整首诗情感激荡，如黄河之水，浩浩荡荡，喷涌而出。另一方面，整首诗也传递出非常深刻的思想认识。

全诗先以奔流东去的黄河之水和迅速老去的容颜入手，从空间和时间两个维度，运用夸张的手法，表现出生命短暂、时光易逝的极大悲哀。但紧接着，全诗的情感色彩迅速转变，人生得意之时必须饮酒尽欢，由悲到欢，渐趋于旷达，最后达成对于自我生命的高度认同。接下来，诗人开始描写这场盛宴，烹羊宰牛，一饮三百。同时写自己在这场豪饮中创作的歌词，在其中又夹杂着诗人的愤慨，借古人的寂寞抒发自己的寂寞，又借古人的旷然写自己的旷然。越到最后，作者的情绪不只是旷达乐观，简直到了狂放不羁的程度，要将宝马裘衣拿去换美酒，原来郁结于胸的一腔愁闷就此涣然冰释。

全诗大量运用夸张的写作手法，使得情感表达达到了非常饱满激烈的程度。与此同时，诗中所传达出作者对自我人生际遇的思考和认知，对于今天的人们来说，也具有重要借鉴意义。

①樽：酒杯。②恣：纵情恣意。谑：戏谑。③沽：买。④尔：你。销：同“消”。

丹丘生：是饮者，也是隐者

丹丘生名为元丹丘，是唐代著名道教隐士，长期隐居于嵩山、华山。与李白交游超过二十年，有着深厚的情谊，甚至还曾共同度过一段隐居生活：“畴昔在嵩阳，同衾卧羲皇。”李白也在诗歌中描述二人的感情就好比亲人一样：“吾与元父子，异姓为天伦。”更见二人感情深厚。除去友情之外，与元丹丘的交往对李白道家思想的养成也有深刻的影响。

时代相隔也同愁

南朝文学家谢灵运曾评鹭人物，认为“天下才有一石，曹子建独占八斗”，可见其对曹植的推崇，这也直接影响到后世对曹植的评价。更关键的是，曹植不仅有才华横溢的一面，其政治抱负因为兄长曹丕的打击不得伸展，也引起了后世文人深深的感叹，并与自身仕途的困顿联系起来。李白“陈王昔时宴平乐，斗酒十千恣欢谑”一句，化用曹植“归来宴平乐，美酒斗十千”，语气内涵皆达到高度契合的程度。

李白：是诗仙也是酒仙

提起李白，最先想起的就是他的诗句，想象奇特，飘逸俊朗，气度非凡，他也因此获得“诗仙”的名号，被后世之人广为传颂。但如果去读他的诗集，就会发现，李白也是一位“酒仙”。

李白酒仙的名号，直接来源于杜甫《饮中八仙歌》：“李白斗酒诗百篇，长安市上酒家眠。天子呼来不上船，自称臣是酒中仙。”短短几句，既写出了李白的文采卓然，也体现了他桀骜不驯的性格特点。在李白身上，酒与诗是紧密结合在一起的。李白自己说：“百年三万六千日，一日须倾三百杯。”当年唐玄宗宴游沉香亭，召李白写诗以为配乐，李白却正在长安酒肆上喝得大醉。即便如此，李白依旧写出了《清平调》三首，展现了盛世大唐宫廷生活的富足悠闲。

更出名的《赠汪伦》也是与他好饮酒的性情联系在一起的。汪伦仰慕李白的才华，便写信给李白说：“我的家乡有十里桃花，万家酒店，先生一定喜欢。”李白果然欣然前往，结果看到十里桃花潭水，万姓人家开设的酒店一家，惹得李白大笑，最后尽兴而归，写出“桃花潭水深千尺，不及汪伦送我情”的名句。这也从侧面印证了李白酒仙的身份。

“才高八斗”最初是用来形容哪位文学家的？（　）

A. 李白　　B. 曹植　　C. 谢灵运

李白，字太白，号青莲居士，又号“谪仙人”，唐代伟大的浪漫主义诗人。

宣州谢朓楼饯别校书叔云

［唐］李　白

弃我去者，昨日之日不可留；
乱我心者，今日之日多烦忧。
长风[1]万里送秋雁，对此可以酣高楼[2]。
蓬莱文章建安骨，中间小谢又清发[3]。
俱怀逸兴壮思飞，欲上青天览明月。
抽刀断水水更流，举杯销愁愁更愁。
人生在世不称意，明朝散发弄扁舟。

“遥情飙竖，逸兴云飞。”

本诗是李白在宣州谢朓楼饯别曾任校书郎的族叔李云时所写的古诗。相比于一般古诗，形式更加自由，所传达出的情感更加跌宕起伏，体现了李白高超的语言艺术和开阔的胸襟抱负。

首句先以“昨日之日”与“今日之日”对比，点明心中烦忧所在，一是时光飞逝不肯停留；二是抱负难以伸展，功业未成。每念及此，焉能不烦忧？然后情绪发生转折，看到眼前的寥廓秋景，鸿雁高飞，引起诗人的豪兴，在高楼之上酣饮一番，此前的烦忧便一扫而空。之后便写宴会上的主客，认为李云的文章刚健，而自己的诗文清逸。逸兴在怀、壮思飞舞，好像要直上青天摘取明月，诗人的精神自由度至此达到了极高的程度。但可惜的是，肉体依旧停留在尘世，现实的污浊、前途的困顿将诗人重新拉回到愁绪之中，即使是饮酒消愁，却使愁意更浓。然而作者终究是乐观豁达的，明日还不称意，那就披散头发乘舟隐居而去。在本诗中，诗人的情绪由烦忧到飘逸，又从飘逸到低愁，最后则从低愁转向旷达。一波三折，跌宕起伏，古人谓“遥情飙竖，逸兴云飞”，即此之谓也。

①长风：大风。②酣高楼：畅饮沉醉于高楼之上。③清发：清朗俊逸。

蓬莱、建安与小谢

李白诗中“蓬莱文章建安骨，中间小谢又清发”一句，前半部分写李云文章刚健，后半部分写自己诗文清逸，历来被人认为用典恰当，对比鲜明。

东汉时期，官方最大的藏书机构东观被称为“老氏藏室”“道家蓬莱山”，用海上仙岛来说明其中藏书之多以及藏书的珍贵。到了唐代，掌管图籍的秘书省也被称为蓬阁，而李云此前正好担任秘书省校书郎，故形容其文章为“蓬莱文章”。而中国文学发展至魏晋时期，出现了以三曹父子和孔融、陈琳、徐干、王粲、阮瑀、应玚、刘桢所谓“建安七子”为代表的豪迈刚毅的文学创作风格。李白认为，李云的文章就具备与建安七子同样的文学特点。

小谢即南朝诗人谢朓，与之相对的大谢是东晋山水诗人谢灵运。李白仰慕谢朓的才华，于此句中自比小谢，认为自己的诗文与谢朓一样，清新飘逸。

成谜的李白宗族

李白是唐代最负盛名的大诗人之一，被誉为诗仙，在后世享有极高声誉。然而，在其光芒之下，其出身的李氏宗族却长期不为人所知。

李白出生于西域碎叶城，据传是汉代大将李广的后代，甚至与李唐王室有一定的亲缘关系，但这种传闻已被学者论证是不足信的。还有人说李白实际上是唐初隐太子李建成的后代，恐怕更不可信。现在可以确知的是，李白的父亲名李客，曾担任城尉，也是他将家人从西域迁往今天的四川江油。李白家族庞大，财力雄厚，家族成员人口众多，在当时也是人才辈出。

李白的族叔李阳冰，是唐代著名文学家、书法家，尤其擅长写小篆，被认为是秦代李斯之后小篆书法最好的人物，李白也曾写诗称赞：“落笔洒篆文，崩云使人惊。”他的书法碑刻，今天依旧留存许多。李白晚年困顿，就曾投靠于他，在他的扶助下，李白度过了较为安静平和的晚年生活。在李白去世之后，也是他编纂了历史上第一部李白诗文集——《草堂集》并为之作序。

而人们所熟悉的李云，实际上并不是李白同族。李云是当时著名的文学家，曾经担任秘书省校书郎，清廉正直，受到李白敬仰，所以尊称为叔父，实际上两人是没有亲缘关系的。

以下哪位文学家不属于“建安七子”之列？（　　）

A. 阮瑀　　B. 刘桢　　C. 李白

慧能，中国禅宗第六祖，俗姓卢，先世河北范阳（今涿县）人。

菩提偈

［唐］慧 能

菩提本无树，
明镜[1]亦非台[2]。
佛性常清净，
何处惹尘埃[3]。

“见性成佛。”

这首《菩提偈》是佛教禅宗六祖慧能所作的一首偈，“偈”是一种佛教文学体裁，常作为佛经中的颂词为僧众吟唱。慧能这首偈，语言简单，内涵深厚，体现了其“见性成佛”的佛学思想和修行主张，在佛教发展史上有重大意义和影响。

“菩提”在佛教中意为智慧，相传佛祖在菩提树下大彻大悟，最终成佛，因此“菩提”也寓意修行者的开悟。“明镜”则意指人的内心。该偈前两句运用比喻，说明智慧和本心都不依赖于某种实物而存在，也不是靠某种实物而获得。后两句则是对前两句的进一步深化，指明了本偈的主旨：佛性本来就是清净澄明的，哪里还会沾染到尘埃呢？言外之意是，修行者只要能保持自身内心的清澈干净，发扬自身固有的佛性，就能通往智慧的彼岸，也就是“见性成佛”。本偈后两句还有一种版本说：“本来无一物，何处惹尘埃。”这一版本出自《坛经》，流传广泛，但据学者研究指出，这一版本并不可信。佛教所言之“无”，仅指人们日常所接触的虚妄和因此生出的各种妄怨之心，对于佛性、佛心，则不可能说其为无的。故而这里采用了更接近本偈原始面貌的敦煌写本的一版。

① 明镜：比喻佛与众生感应的中介。② 台：指安置明镜的地方，可以借代为客观存在。③ 尘埃：佛教术语，指人间的一切世俗事务。

《菩提偈》与《无相偈》的渊源

慧能大师所作的这首《菩提偈》实际上是在神秀大师《无相偈》的启发之下写成的。相传一天禅宗五祖弘忍大师召集弟子，宣布说他要将禅宗衣钵传递下去，只需大家各作一偈阐述自己的见解，他将根据个人悟性做出选择。弘忍的高徒神秀被认为是最可能继承大师衣钵的人选。神秀在弘忍禅堂前徘徊良久，挥笔在墙上写下四句偈：“身是菩提树，心为明镜台。时时勤拂拭，莫使惹尘埃。”此偈被后世称为《无相偈》。弘忍大师看到后微微一笑，评价说：“得我骨矣。”后来慧能听到此偈，因为他不识字，所以自己诵唱，请人写在墙上：“菩提本无树，明镜亦非台。佛性常清净，何处惹尘埃。”此偈被后世称为《菩提偈》。弘忍大师第二天看到此偈之后，心知此为慧能所写，但怕他因此被人谋害，故而用鞋子边擦边说：“未得我之髓也。”后来，弘忍大师夜传禅宗真谛于慧能，并连夜送他渡江南去。后来神秀在北方弘扬渐进的修行法门，称为北宗；慧能则在南方弘扬顿悟法门，称为南宗。

佛教祖师竟然不识字

禅宗是汉传佛教中最有影响的宗派之一，也是佛教传入中国后中国化的产物，体现了外来文化和中华文化的交流融合。也是在禅宗门下产生了汉传佛教最重要的经典之一《坛经》，《坛经》的作者慧能大师被称为禅宗六祖。在他之前，达摩、慧可、僧璨、道信、弘忍五祖发展“直指人心，见性成佛”的佛学思想，到慧能这里达到了圆满状态。

然而世人很少知道的是，具有如此重大且深远影响的禅宗大师实际上是不识字的。慧能大师年少丧父，家境贫寒，以卖柴为生。一天，他听到有人诵读《金刚经》，由此体悟到佛法的精妙。他辞别母亲，到黄梅弘忍大师处学习。当时南方人口稀少，被视为荒蛮之地。弘忍大师见到他，问他说南人也能学佛吗？慧能答道：“人分南北，佛性岂分南北？”他被派去舂米，一边劳作一边修行，后来因《菩提偈》得传禅宗法脉，称为六祖。

传法之后，慧能被弘忍亲自送往南方，他隐居五年。五年之后到广州听宗印大师讲法，大师指着被风吹动的幡问：“是风动还是幡动？”只有慧能答道：“不是风动，不是幡动，仁者心动。”宗印大师由此知道禅宗大法已经流传至岭南。从此慧能大师在南方传法，创立曹溪宗，法脉流传至今，受人景仰参拜。

禅宗六祖指以下哪位禅师？ （ ）

A. 弘忍 B. 神秀 C. 慧能

韩愈，字退之，唐代杰出的文学家、思想家、哲学家、政治家。

晚春二首·其一

［唐］韩　愈

草树知春不久归[①]，
百般红紫斗芳菲。
杨花[②]榆荚无才思，
惟解[③]漫天作雪飞。

解读赏析 JIEDU SHANGXI

“韩愈七绝诗中少见的巧妙之作。”

本诗是唐代诗人韩愈的一首描写晚春景色的七言绝句，语言简单质朴，运用拟人手法书写了一段独特精奇的哲理情思，景理交融，是韩愈七绝诗中少见的巧妙之作。

起句交代了全诗写作的背景，各种花草树木知道春天不久之后就要归去离开了，第二句紧承上句，各种花木在晚春时节纷纷绽放，万紫千红争奇斗艳。前两句是就晚春时节的普遍情况而言，第三四句开始转折，专注到杨花和榆荚身上：杨花榆荚没有什么色彩，但在此时，也化作漫天飞雪，随风纷纷起舞。

全诗一方面写出晚春时节的烂漫春色，另一方面，采用拟人手法，将各种花草树木描述成有情之物，它们可以争奇斗艳，也能够独出心裁化雪而飞。这些花草树木之所以如此，全是因为时节已到晚春，它们也知道时光可贵，把握最后一段春光尽情展现自己。这里诗人将自己的情思寄托于草木身上，借以表达自己要珍惜时光，把握时机的人生感悟。

①不久归：将结束。②杨花：指柳絮。③解（jiě）：知道。

“红”与“紫”的相互成就

在中国古代文学作品中，“红”与“紫”经常成对出现，表达一种相类似的意味。古代以青、赤、白、黑、黄五种颜色为正色，其余颜色包括红紫则是间色。最早在《论语》中就有这样的说法：“红紫不以为亵服。”朱熹后来解释说：“红紫，间色不正，且近於妇人女子之服也。亵服，私居服也。”因为红紫之色近于妇女衣服的颜色，所以在具有深刻性别观念的古人看来，用这样颜色的布料做成私下所穿的便服也是不合适的。

榆荚的多面人生

榆荚是榆树的种子，但常常被人认为是榆树的花，这是不正确的。因为在树上时像古代成串的制钱，所以也被称为榆钱。榆钱与“余钱”读音相同，所以被人们认为是一种好彩头，经常被老百姓种植于房前屋后。古人吟咏榆荚的诗歌很多，李商隐在《和人题真娘墓》里写道“柳眉空吐效颦叶，榆荚还飞买笑钱”，颇为经典。《红楼梦》里林黛玉《葬花词》中有“柳丝榆荚自芳菲，不管桃飘与李飞”之句，传诵颇广。

严肃诗人的趣笔

关于这首七绝的立意，文学史上的研究者们历来是有争议的。有的人认为作者是劝喻大家把握光阴，勤学向上，不要像杨花榆荚那样，白头无成，滥竽充数；也有人认为作者其实在赞赏杨花榆荚，虽无才思，但勇气可嘉。就本诗题目《晚春》（或作《游城南晚春》）而言，劝勉世人把握光阴，同时抓住时机展现自身才华的可能性更大一些。至于诗中的“无才思”三字，更像是诗人诙谐的趣笔。

这首诗为何能引起这番争论，还要从韩愈本人讲起。韩愈不仅是名列“唐宋八大家”之首的著名文学家，也是唐代著名的思想家。他在文学上发起的古文运动，最终目的也是要在唐代佛道两家盛行的情况之下复兴儒学，所以他被后世的儒学家认为接续了孟子之后中断千年的儒家道统。特别是《迎佛骨表》《进学解》《原道》《原性》等作品，既奠定了韩愈文坛宗主的地位，也树立了韩愈忧愤不平、慷慨严肃的道学形象。

但韩愈依旧是一位活泼、具有生命力的文学家，他的文学成就中极重要的一部分就是“俳谐”之文，典型作品就是《毛颖传》，类似于游戏文字，意在言外，新颖深刻，这也就说明，对于韩愈，并不能单纯以此前所谓的“理学家”“道学家”的面目视之。严肃诗人的偶然趣笔，却能窥见诗人别样的内心世界。

以下哪个词不是榆树种子的别称？（　　）

A. 榆荚　　B. 余钱　　C. 榆钱

白居易，字乐天，号香山居士。唐代诗人，有“诗魔”和“诗王”之称。

放言[1]五首·其三

［唐］白居易

赠君一法决狐疑[2]，不用钻龟与祝蓍。
试玉要烧三日满，辨材须待七年期。
周公恐惧流言日，王莽谦恭未篡时。
向使当初身便死，一生真伪复谁知？

解读赏析 JIEDU SHANGXI

“事物不止一面，必须全面看待。”

本诗是唐代诗人白居易写的一首七言律诗，语言简单通俗，表意清晰明白，富含哲理，是一首不可多得的哲理诗。全诗以议论为主，仍然富含趣味，体现了诗人高超的语言艺术。

首联便说要告诉别人一个裁决狐疑的办法，但又不直接说明，只是补充说到不需要进行钻龟和祝蓍，即不需要进行占卜问卦。那么方法到底是什么呢？颔联才点明：就像判断美玉的真假要用火烧三日，辨别良材需要等待七年，评价事物的好坏要全面，需要花费时间考验。这两联成为一个整体，其中却有波澜，增加了诗歌的趣味性。颈联承接上联，是对上联的进一步说明：周公那么忠诚的人，听到外界说他会篡位的流言也会感到恐惧；王莽没有篡位之前，表面上也装作很恭谦的样子。尾联继续承接上联，同时总结全诗：假如这两个人早早就死去了，一生的真假又有谁知道呢？言外之意是，如果这两个人早早死去，那么那些虚假的声明也就永远伴随着他们了。由此再次强调了本诗所要说明的道理：事物不止一面，要评价某一事物的前提是全面地认识事物，而这需要花费时间。换句话说，一切事物的真伪需要时间的检验。

全诗运用具体事例说明背后蕴含的道理，读之有味，思之至深。

①放言：语言不受拘束、肆意自由。②狐疑：犹豫不决。

真玉与否要用火烧吗

判断玉石真假，用火烧是一个比较简单的办法，一般玉石质地坚硬，火烧之后玉石表面只会有烟熏的痕迹，不会造成更大的损伤，故而可以采取此方法判断真伪。古人也因为这个，将玉石称为“水精”，认为烈火烧之不热，才是真玉。但也并非所有玉石皆适用于此法，用火加以煅烧，也有可能造成玉石表面出现裂痕等无法挽回的更大损害。

钻龟与祝蓍是在做些啥

钻龟与祝蓍都是古人用来占卜的方法。钻龟是指在龟甲上钻上小孔，然后放在火上烧，根据龟甲的裂纹判断吉凶，据说在商朝时十分流行，龟甲也可以用牛羊肩胛骨来替代。而祝蓍则是指焚烧蓍草，根据草灰的形状判断吉凶，另一种说法认为祝蓍是手握蓍草，根据一系列特定程序得到卦象，再根据卦象卜得吉凶，这种方法流行于周朝。

忠如周公，奸如王莽

古人心目中的忠臣首推周公，而奸臣中排在第一位的则是王莽。这样的评价陪伴了他们上千年，直至今天，依旧被人们拿出来比较。

周公是周文王姬昌的儿子、周武王姬发的弟弟，武王伐纣时已经建立了功勋。但武王早逝，成王年幼，周武王去世之前嘱托周公辅佐成王。周公勤勤恳恳，一饭三吐哺，一沐三握发。在他负责政事期间，平定了管蔡之乱，营建了新的国都成周，制定了各项礼乐制度，为周王室的长治久安奠定了基础。六年之后，成王成年，周公没有贪恋权位，立即归政，被认为是忠臣的典范。

王莽为西汉王朝的外戚，当臣子时恭谦有礼，礼贤下士，获得了民心支持，被认为是周公再世，随即担任摄政，进而在儒生的撺掇之下代汉自立。结果他在位之后，采取了一系列保守复古，不契合于时代需要的错误举措，使得民不聊生，爆发了广泛的农民起义，王莽也死于战乱之中，同时被加上奸佞的评价。

周公和王莽，在历史上拥有截然不同的评价，这既与他们各自的思想认识、人生态度相关，也与其各自所处的时代环境及社会问题相联系。今天的我们，反过头来去评价和认识这些历史人物，应该有更加宽泛和全面的眼光和态度，才能更加接近历史真相。

下列哪项事迹不属于周公所有？ （ ）

A. 代汉自立　　B. 伐纣立功　　C. 营建成周

赵翼，字云崧，号瓯北，江苏阳湖人，清代文学家、史学家、诗人。

论诗五首·其二

［清］赵　翼

李杜诗篇万口传，
至今已觉不新鲜。
江山代有才人出，
各领风骚①数百年。

“岂有永远的王者，只有层出不尽的人才。”

本诗是清代诗人赵翼讨论诗歌创作的组诗五首之中的第二首。全诗语言简单凝练，表意明白直接，说明诗人对于诗歌创作不能落入前人窠臼，亦步亦趋，应该大胆创新，寻求新的改变的卓越见解。

前两句从文坛之中十分常见的一种现象引出所要讨论的问题，即使是那些经典名作，被万人传诵，但多年之后，人们也会逐渐消磨掉原有的新鲜感。后两句则是针对这一现象或者说这一问题提出的解决办法，实际上文学的发展演变就应该这样，不同的时代有不同时代的特点，新的人才不断涌现引领全新的风潮。在文学史的研究中，有一部分研究者认为古代的文学水平远远超过当下，甚至有离当下越久远水平越高的荒谬认识。作者既是针对这一种认识提出反驳性的文学主张，强调诗歌创作应随时代发展而发展，求新求变；也是针对清朝沉闷迂腐的时局人心，提出改革维新的政治主张。所以这首诗不仅是一首文论诗，也是一首政治诗。

① 风骚：指《诗经》中的“国风”和屈原的《离骚》。后来把关于诗文写作的事叫“风骚”。这里指在文学上有成就的“才人”的崇高地位和深远影响。

“李杜”竟有大小之分

唐诗是中国古代文学发展史上的一座高峰，突出表现在出现了数量众多脍炙人口的佳作及一批声名流传于后世、形成广泛而深远影响的诗人。在这一大批诗人群体中，最著名的应数李白和杜甫二人。李白汪洋恣肆，杜甫严肃沉郁。二人并称“李杜”，难分高下。到了晚唐，出现了李商隐和杜牧，李商隐缠绵悱恻，杜牧清新俊爽。二人并举，也是不分伯仲。但因为这两个人时代较晚，且文学成就相较而言略弱一等，后世则称之为“小李杜”。李白杜甫则称“大李杜”以示区别。

“新鲜”的内涵都有哪些

新鲜是人们日常生活中十分常见的一个形容词，最常见的含义就是用来形容食物没有变质，还留有鲜美的滋味。或者用“新鲜”表示某事物刚刚出现，比较新颖新奇，赵翼的诗句“李杜诗篇万口传，至今已觉不新鲜”中的“新鲜”二字就是此意。除此之外，“新鲜”另一个常见义项是指事物洁净清爽，比如说“空气很新鲜”。一个今天比较少见的意思是指事物光彩华美，古代小说中常有人物口语形容衣物“新鲜”，就是这个意思。

文史两开花的赵翼

赵翼是清代文人、学者，不仅诗写得好，在史学领域也做出了极大成绩，这在古代文人群体中并不多见。

赵翼于清乾隆年间参加科考得中进士。相传他本是当年的状元，但因为自清朝开国以来陕西没有一位状元，乾隆皇帝有意提拔，便将原本排第三的陕西人王杰与赵翼顺序互换，王杰成了当年状元。此事记载于正史，恐非虚言。赵翼中进士之后，先后任职中央、地方，但他后来还是以老母年高，需要奉养为由告假还乡，此后常年居家著述，最后高寿而终。也正因如此，赵翼在史学领域取得了卓越成就，一部《廿二史札记》与王鸣盛《十七史商榷》、钱大昕《廿二史考异》并称“清代三大史学名著”。此外，《陔余丛考》也被认为与顾炎武《日知录》、钱大昕《十驾斋养新录》齐名。

除此之外，赵翼的文学成就也值得称道。他与袁枚、蒋士铨并称“江右三大家”。又因为在诗歌创作中注重“性灵”，抒发情感，追求创新，故而与袁枚、张问陶并称“性灵派三大家”。在《瓯北诗话》中，他编选评论自李杜以后诸家诗作，最能体现其文学主张。

以下哪位诗人不属于“江右三大家”？　（　　）

A. 蒋士铨　　B. 袁枚　　C. 张问陶

李白，字太白，号青莲居士，又号“谪仙人”，唐代伟大的浪漫主义诗人。

子夜吴歌·夏歌

［唐］李　白

镜湖三百里，菡萏发荷花。
五月西施采，人看隘[①]若耶。
回舟不待月，归去越王家。

“众人所注目处，岂全然是好事？”

本诗是李白仿照六朝乐府民歌《子夜四时歌》所写的四季组诗中的第二首《夏歌》。从写景到叙事，一气呵成，构成一个完整的闭环，在此景此事背后，是作者对于那段历史及其人物命运的深切关注与思考。

首句由景物描写引入：镜湖水面开阔有三百里之广，处处生长着将要开放的荷花。次句进一步引入人物：五月，西施前来采花，看的人挤满了若耶溪。由此就体现了前句景物描写的作用：一方面，景物描写是展开其后人物与事物描写的基础和铺垫；另一方面，营造出一种舒畅活泼的语气氛围，与后句形成对比。最后一句运用夸张手法：西施采花的时候本来是白天，等她驾船回去的时候，月亮还没有升起，但已经被带去越王的宫殿里了，可以看出其入宫之迅速。入宫对于女子而言，并不是什么值得高兴的事，比起以前五月驾船采花的自由畅快，宫廷生活则显得寂寞凄冷，前后对比，更显出西施命运之悲。

李白此诗中流露出对西施的悲悯，在政治面前，一个弱女子的命运显得微不足道。另一方面，眼前的美好，众人的赞叹，并不一定代表是好事，“杀君马者道旁儿”，其中蕴含着深刻的人生哲理。

①隘：挤满，堵塞。

美人的来处与归途

西施是先秦时期越国美女，与王昭君、貂蝉、杨玉环并称“中国古代四大美女”。因为西施自幼在江边浣纱，故而也被称为“浣纱女”。据说因为西施太过貌美，江中的鱼儿看到她都自愧不如，于是沉入江底，后人以“沉鱼”形容女子貌美，就源于此处。

西施貌美，也因为貌美而命运悲惨。当时吴越两国交战，越国战败，越王勾践作为人质去到吴国，受尽侮辱，卧薪尝胆三年才回到越国，誓要报此大仇。大夫文种提出“伐吴九术”，其中第四条“遗其美好，以为劳其志”就是指将夫差所喜欢的宝物美女赠送给他，从而消磨其壮志。大夫范蠡因此在全国范围内寻找美女，最终在苎萝山找到包括郑旦、西施在内的八名美女进献给吴王夫差。郑旦等人先学习了宫廷礼仪，然后训练歌舞，最终进入吴国王宫。夫差果然沉迷于她们的美色，懒于政务。郑旦和西施承担了间谍的角色，为越国的复兴和复仇做出了重大贡献。

可惜的是，郑旦早早就因病去世，而西施有传说因为迷惑君主的罪名被沉于江中淹死。后人可怜其命运悲惨，于是传说在范蠡驾舟隐居的时候，将西施一同带走了，给了这位美丽而可怜的女子一个美好的结局。

以女子为主角的《子夜吴歌》

李白所作《子夜吴歌》四首，为人们所传诵，一个重要的原因在于，这四首诗皆从女性视角写就，所谓四季的变化只是作者诗中描写背景的变化而已。这一现象在诗歌创作中并不常见。

《春歌》所写“秦地罗敷女，采桑绿水边。素手青条上，红妆白日鲜。蚕饥妾欲去，五马莫留连”，展现了一位独立女性的形象。采桑的罗敷女因为外貌美丽得到贵族公子的追求，但她知道以色侍人，色衰爱弛的道理，于是加以拒绝。这首诗写出了女性独立自由的精神面貌，同时批评讽刺了贵族公子仗势欺人的丑陋面貌，相比之下，《夏歌》里面西施在政治势力面前的无助越发惹人可怜。

而《秋歌》“长安一片月，万户捣衣声。秋风吹不尽，总是玉关情。何日平胡虏，良人罢远征”与《冬歌》“明朝驿使发，一夜絮征袍。素手抽针冷，那堪把剪刀。裁缝寄远道，几日到临洮”所展现的情感和思想则非常类似。这两首诗都是在说战争状态下，丈夫参军远去，妻子担心其在边关受苦，于是连夜准备衣裳。除过对夫妻之间真挚感情的赞颂，也体现了诗人对战争给人民带来苦难的不满和愤慨。

以下哪位不属于“中国古代四大美女”？（　　）

A. 西施　　B. 郑旦　　C. 貂蝉

苏麟，宋杭州属县巡检。

断　句

［宋］苏　麟

近水楼台先得月，
向阳花木易为[1]春。

“字意浅白易懂，却蕴含十分深刻的人生道理。”

这句话是宋代文人苏麟所写，因为只有两句，与常见诗词或四句或八句甚至更多的格式不同，因而称为《断句》。这句话字意浅白易懂，却蕴含十分深刻的人生道理，在后世被许多人传诵和使用。

“靠近水的楼台因为距离太近所以登楼之人最先看到月亮在水中的倒影，长在向阳处的花木因为光照很好最容易感受到春的气息而发芽开花。”这句话描写了十分常见的两种自然现象，却指向同一个问题——在近水楼台上先看到月影的人和开放在向阳处的花木并不是通过自我努力抢得先机，而是在外部不可控因素的影响推动之下才收获这样的结果。一方面，这对于那些因为先天或后天各种因素没办法选择自己所处位置的人来说是非常不公平的；另一方面，暗含了每个人需要通过自我奋斗追寻属于自己的幸福这一简单但深刻的人生道理。

①为：逢。

《断句》原来是首讽刺诗

《断句》是北宋文人苏麟所作，广为流传。人们也常常用句中“近水楼台”之语讽刺那些不靠实力靠背景和关系得到升迁和提拔的人。而这句诗的本义，实际上也含有相类似的讽刺意味。据史料记载，北宋名臣范仲淹曾经镇守杭州，因为他十分爱惜人才，故而对身边有才有学之人多有提拔。苏麟当时负责巡察工作，常年在外，故而范仲淹对他并不熟悉，也就没有提拔他。苏麟巡察归来，看到身边人都升职加薪，只有自己原地踏步，内心不平，因此写了《断句》呈送给范仲淹。表面上句中吟咏的是楼台花木，实际上讽刺了因为关系远近获得不同待遇的官场现实。范仲淹看后并不生气，知道苏麟意之所指，于是写了一封推荐信，不久之后苏麟也得到了提拔。直到今天，人们还会用此句讽刺职场中常见的各种因为私人关系而存在的不公事件。

诗还能这样写

我们常见的诗歌如绝句、律诗，实际上被称为近体诗，出现在隋唐时期。近体诗在字数、句数、平仄、押韵、对仗方面都有严格规定，难以改变。而与之相对的古诗格式就显得非常自由，所以在古诗格式上，存在许多充满奇思妙想的创意。

白居易写过一首《赋得诗》：“诗。绮美，瑰奇。明月夜，落花时。能助欢笑，亦伤别离。调清金石怨，吟苦鬼神悲。天下只应我爱，世间唯有君知。自从都尉别苏句，便到司空送白辞。”每句或两句字数依次递增，上尖下宽，形成宝塔，也被称为“宝塔诗”。

唐代吕温写过一首《嘲柳州柳子厚》：“柳州柳太守，种柳柳江边。柳管依然在，千秋柳拂天。”全诗共二十字，“柳”字就出现了六次，这在要求严格的近体诗中是不被允许的，但这首《嘲柳州柳子厚》依旧别开生面，富有趣味。

在江西龙虎山，有这样一首奇特的诗：“龙虎虎山山山，清清清水水水水会仙仙仙仙仙仙仙仙。湖湖湖湖湖海海海海为朋友，走走走走走走走走走江河到川川川川。”其实这是首会意诗，实际上应该是：“一龙二虎镇三山，三清四水会八仙。五湖四海为朋友，九走江河到四川。”

除过上述三类独特的诗歌之外，古诗中还存在方角诗、回文诗、嵌字诗等多种充满想象展露文采的诗歌形式。它们的出现，显示了中华文化的独特魅力，具有特殊的文化含义。

《断句》是苏麟写给谁的？（　　）

A. 柳宗元　　B. 苏东坡　　C. 范仲淹

李冶，字季兰，乌程（今浙江吴兴）人，唐朝诗坛上享受盛名的女诗人，后为女道士。

八　至

［唐］李　冶

至①近至远东西，
至深至浅清溪。
至高至明日月，
至亲至疏②夫妻。

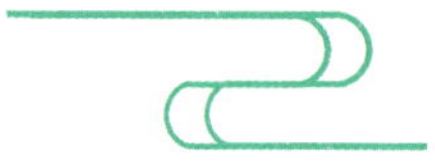

解读赏析
JIEDU SHANGXI

"最深刻的道理也不会以高不可攀的面目示人。"

本诗是唐代女诗人李冶的一首六言诗，因"至"字总共出现了八次，因而诗名称为《八至》。全诗语言简洁明白，结构细密清晰，体现了诗人高超的语言艺术。同时，每句都蕴含着深刻的哲理，警句迭出，展现了诗人对世事、对人生的深刻思考。

首句写东西两个方位，如果非要指明东和西之间的距离，那实在是太遥远了；但相对来看，东与西甚至可以说是一体的，紧紧挨着的。次句写清溪这个自然物，因为溪水清澈，所以一眼就看到水下的世界，看到细沙游鱼，就仿佛水很浅的样子；同样因为水清，所以倒映出天地自然，这样看来，溪水就变得极深。这两句话貌似只是在说一个常识问题，但其中含有辩证法的意味。第三句话写日月，日月之明是因为其高，也正因为其高才能展现其明，高与明两个特点并不是相对而是相生的。最后一句则是体现作者情感的一句：夫妻之间相伴生活，本来应该是最亲近的，但人心之间隔肚皮，在发生矛盾冲突之时，隔阂也是最深的。经过前面三句的铺垫，到这一句，诗人的情绪才得到尽情发泄，女诗人对爱情深深的失望在此展露无遗。

①至：最。②疏：生疏，关系远，不亲近。

李冶和陆羽的故事

李冶是唐代著名女诗人。在那个自由的时代，女性却并未享有充分的自由，她们还是要受到封建礼法三纲五常的制约。但李冶心有豪兴，敢于与男人们宴饮欢游，吟诗对句，在那个时代发出绚丽的光芒。

但谁能想到，她的爱情始终不能如意。她深爱当时盛名显著的才子陆羽，奈何陆羽心气更加高傲。她求而不得，在《相思怨》里写道：“人道海水深，不抵相思半。海水尚有涯，相思渺无畔。携琴上高楼，楼虚月华满。弹得相思曲，弦肠一时断。”字字句句都是女诗人对心上人的深情和思念。更让人感叹的是，这些深情、这些思念终究是梦幻泡影化作一场空，陆羽能将她当作朋友，却不能成为夫妻。

最让李冶感动的，怕是她染病不起缠绵病榻之际，陆羽终于来到她身边，日夜陪伴，悉心护理。病愈后她写了《湖上卧病喜陆鸿渐至》一诗：“昔去繁霜月，今来苦雾时。相逢仍卧病，欲语泪先垂。强劝陶家酒，还吟谢客诗。偶然成一醉，此外更何之？”但这终究是不长久的，后来李冶因朱泚之乱受牵连，被皇帝下令捕杀。在那个时候，陆羽早已不知去往何处。所谓的爱情，不过是一片烟云。

自古才女多飘零

李冶、薛涛、鱼玄机与刘采春并称为唐代四大才女，但她们的才华并没有为她们创造出她们所想要的美好生活。这四个人或下场凄惨晚景悲凉，或居无定所流离四处，在封建男权专制的时代，她们的才华反而成为她们的负累，“女子无才便是德”，这句荒谬之言竟然得到了荒谬的验证。

李冶从小就十分聪慧，六岁吟咏蔷薇花：“经时未架却，心绪乱纵横。”但因为“架却”与“嫁却”同音，其父认为小小年纪则思虑嫁却心乱之事，将来必定为失行妇人，因此便将她送去道观出家。为了一句被误解的诗句，将青春年华葬送于道观，不由为其一大叹！同为女道士的鱼玄机，她一生倾心温庭筠，但终究没有结果。后来成为李亿的妾室，却被正妻送到道观出家，从此大失望于人世。后来发现侍女与自己的情人私通，一气之下打死侍女，而她也因此被处死。

相比之下，薛涛与刘采春至少能够寿终正寝。这两人都是歌女乐伎，在当时文人群体中享有盛名。薛涛在浣花溪畔所制薛涛彩笺得到后人的大力追捧。刘采春则因为一首“莫作商人妇，金钗当卜钱。朝朝江口望，错认几人船”得到元稹激赏。但她们一生终究注定身处下贱，漂泊流离，焉能不引人长叹！

以下哪一位女诗人不属于唐代四大才女？（　　）

A. 李冶　　B. 刘采春　　C. 李清照

李世民，即唐太宗，唐朝第二位皇帝，杰出的政治家、战略家、军事家、诗人。

赐萧瑀

［唐］李世民

疾风知劲草，
板荡识诚臣。
勇夫安[①]识义，
智者必怀仁。

解读赏析 JIEDU SHANGXI

“安逸不能展现一个人真正的品格。”

本诗是唐太宗李世民赐给自己的臣子萧瑀的一首短诗，运用典故，指出萧瑀忠诚可信、智勇双全的个人品格，体现了唐太宗本人对萧瑀的赞赏之意。其中，“疾风知劲草，板荡识诚臣”之句更是被广为传唱，成为千古名句。

首句运用比喻，在疾风之下，反而更能知道青草的强健刚劲。这本是东汉光武帝赞赏王霸之言，此处李世民用以赞赏萧瑀能经受住外界的严峻考验依旧意志坚定。第二句运用《诗经》中的典故，指在国家政局动荡之中反而更能认识到臣子的忠诚。在风和日丽之时，各种草混在一起，看不出劲草的特殊之处，只有在疾风扫荡之下，才能体现劲草的坚韧挺拔；在和平稳定的年代，诚臣与其他臣子同立一室，并无特别，只有社会动荡政局不稳，才能看出其刚正忠诚的优秀品格。第三句写那些只知逞匹夫之勇的人，怎么能认识到真正的“义”？第四句则是对前句的补充，只有那些既勇且智的人，心中才充满仁德。

全诗指出了萧瑀的四项珍贵品德：意志坚定、忠诚不移、智勇双全、心怀仁义，也从侧面体现了唐太宗时期君臣和睦的政治面貌。

①安：怎能，如何。

“疾风知劲草”源于何处

“疾风知劲草”出自《后汉书 · 王霸传》，是东汉光武帝刘秀夸赞自己的臣子王霸时所说的：“颍川从我者皆逝，而子独留努力，疾风知劲草。”王霸是在西汉末年乱世之中辅佐刘秀征战称帝的重要将领，与邓禹、冯异、岑彭等人并列为“云台二十八将”。王霸追随刘秀，始终忠心耿耿，即使在危难之中也没有叛异之心，终于立下赫赫战功，最终晋封侯爵。

“板荡”是指什么

“板荡”一词来源于《诗经 · 大雅》中的《板》《荡》二诗。《板》是凡伯讽刺周厉王之作，其首句就说“上帝板板，下民卒瘅”，“板”的意思是“反”，全句意为上帝昏乱违反天道，老百姓因此受苦受难。《荡》有人认为是周文王叹惜商纣王之词，也有人认为是召穆公讥讽周厉王之词。其首章写道：“荡荡上帝，下民之辟。疾威上帝，其命多辟。天生烝民，其命匪谌。靡不有初，鲜克有终。”意思是：“上帝骄横放荡，不守法度，却还是老百姓的君主。上帝贪婪粗暴，政令反复无常。上天生养百姓，其命令却常常撒谎。所有事刚开始都还挺好，但最后没有好下场。”后人用“板荡”形容国家政治混乱，君主残暴无能的现象。

萧瑀：忠臣的几个侧面

萧瑀是唐太宗笔下的贤明之臣，但除此身份外，他的人生还有其他许多面向，这些侧面不仅关乎萧瑀一生的起伏坎坷，也是对南朝至唐初变动的一个折射。

萧瑀出身于南朝帝王之家。高祖父是南朝梁武帝萧衍，曾祖父是昭明太子萧统，祖父是后梁宣帝萧詧，父亲是后梁明帝萧岿。萧瑀九岁被封为新安郡王，从小就饱读诗书，并且擅长书法，良好的出身和教育造就了他刚正不阿、光明磊落的品格。

萧瑀还未成年，梁王朝即告灭亡。因为姐姐是隋朝晋王杨广之妃，所以他跟随兄长入隋，居于长安。因为是皇亲的身份且才华出众，所以他被委以重任。但因为隋炀帝骄奢无度，发起战争，萧瑀屡次劝谏，结果遭到贬谪。

隋朝灭亡之后，萧瑀接到自己内亲李渊的信函，于是投靠李渊，归顺唐朝。武德年间，李渊诸子争夺皇位，萧瑀在此过程中支持李世民登上皇位。萧瑀在贞观一朝，六次拜相又六次被免，其重要原因就在于他为人刻板严厉，敢于直言进谏，而且心高气傲，不能与人为善，在当时颇有偏隘急躁之讥。即便如此，萧瑀仍被唐太宗认为是贞观之治的功臣，因此命人画像，悬挂于凌烟阁上。

“板荡”一词来源于《诗经》中哪个部分？（　　）

A.《大雅》　　B.《小雅》　　C.《周颂》

李峤，字巨山，赵州赞皇（今河北赞皇）人，唐朝宰相。

中秋月二首·其二

［唐］李　峤

圆魄[1]上寒空，
皆言四海同。
安知千里外，
不有雨兼风？

解读赏析
JIEDU SHANGXI

“世上的事物哪里是清一色的美好呢？”

本诗是唐代诗人李峤的一首五言绝句，是其关于中秋月的组诗中的第二首。作者通过描写中秋之月，点明世间万物各有差别，不可能全都那么美好这一看似寻常却十分深刻的道理。

前两句从中秋之月本身写起：每到中秋时分，一轮圆月高悬天空之上，人们都说四海之内各个地方都是如此。后两句则出现转折，作者反问那些说天下处处有如此美景的人：“你又怎么知道千里之外，没有任何风雨呢？”言外之意，眼前之景固然美好，但世间万物千差万别，时时处处发生转变，没人能担保视野之外的地方也是同样美好的。

全诗短短二十字，却蕴含着许多深刻的哲理。其一，众人之言未必就是正确的，世间的真理并不因为言说得多与少而发生改变；其二，世界是复杂多变的，认识事物应该全面，而不是仅从眼前印象出发加以判断；其三，人们的愿望往往是美好的，也会将自身的这一愿望推及其他，但这往往并不真实。

① 圆魄：圆月。

李峤的奇思妙想

李峤的《中秋月二首》历来受到论诗者的赞赏，而焦点往往集中于诗中所传达出的奇思妙想上。素来写中秋夜月者，往往会赞颂月色之美，或者由此引发思乡思亲之情。但李峤别具巧思，描述由中秋夜月所引出的几个疑问，故而具有独特新意。

《中秋月二首》的第一首："盈缺青冥外，东风万古吹。何人种丹桂，不长出轮枝。"相较而言，这首诗所具有的想象较于第二首更加奇特。古人观察到，月亮每月一度盈缺轮转。

而相传月亮上生长着桂树，从寻常角度想来，当弯月之际，桂树的枝叶便会伸出月亮的范围之外了。更何况月亮处于寥廓天空之上，常年有东风劲吹，但也从来没见到桂树枝叶吹落人间。这不由得引发诗人的怀疑："月亮上究竟有没有桂树存在？"其实月亮盈缺的现象人人都会观察到，月亮上生长桂树的传说人人也都知道；甚至第二首诗里面所描写的千里之外风雨无常的现象也是很常见的，但大多数人不会想到诗里面所提出的这些问题，由此越发惊叹于李峤所想之奇。

中秋月色，不仅是自然也是诗歌

如果要评选古代诗人笔下最经典、最常用的意象，月亮当之无愧会夺得这顶桂冠，而中秋之月就是这顶桂冠上最闪亮的明珠。古人描写中秋之月的诗歌数量多，质量也高，它们值得今天的人们珍视和学习。

写中秋月，必然要写到其景色之美。"冰轮碾上，望山河影里，桂枝横绿。零露侵人秋气重，渐觉玉楼生粟。万里无云，碧天如水，冷浸黄金屋。水晶高卷，簟波微映湘竹"与"淡天垂幂，见银盘转处，余烟收绿。百尺飞楼闲倚久，仙桂时飘香粟。皓鹤无声，金梧有影，寒气生华屋。好风细细，递来何处丝竹"是明代人陈霆关于中秋月所写的同题词句，就写出了秋月明亮、清冷的特点。

既然是中秋，必然要思亲怀人，看到月亮的时候这一情感也会被提起。还是明代人陈霆，写出："瑶台当此夜，露零玉佩，风振仙裙。记唾壶残缺，歌韵清温。回首西风易老，流年事、屈指休论。空惊叹，故人千里，相望渺江云。"不仅思念远方的故人，也借此感叹时光的流逝。不仅有空间上对于距离的叹息，也包含时间上对于岁月的感慨。到了每一年的中秋，对着天边的明月，浮现在脑海中的，也总离不开苏东坡在丙辰中秋之夜写下的那句："但愿人长久，千里共婵娟。"

月亮通常不会用来表达以下哪种情感？ （　　）

A. 惊奇诧异　　B. 思念亲人　　C. 时光如流

先秦佚名，传说为渔夫所作。

沧浪歌

［先秦］佚　名

沧浪之水清兮，
可以濯[①]我缨[②]；
沧浪之水浊兮，
可以濯我足。

“达则兼济天下，穷则独善其身。”

《沧浪歌》是流传于先秦时期的一首短歌，用一组对比表达了中国古人“达则兼济天下，穷则独善其身”的圆通处世、不必强为的人生哲学。

此歌句意简单。“沧浪”，并不指具体的哪一条河，字面意思就是“清绿泛有波浪的江河水”。全歌意为：“江河水清澈的时候，可以用来濯洗头上戴的缨绳；江河水浑浊的时候，也可以用来洗脚。”江河水的清澈或者浑浊，实际上比喻了我们所处世界的光明或者黑暗。而不论这世界光明还是黑暗，我们都能找到合适的方式在这世界生存下去，所谓“识时务者为俊杰”，或许就是这个意思。

这首歌所传达出来的内涵从表面上看圆滑消极，我们只能根据外界环境的不同调整自己的处世原则。实际上却积极乐观，不论外界环境如何变化，都能够找到合适的生存方式，最终达到自己的目的，这种人生态度不是圆滑随性，却是审时度势之后最慎重也是最成功的生活路径。

① 濯：洗。
② 缨：束发或者束冠的长绳。

《沧浪歌》竟然是渔夫所作

这首《沧浪歌》之所以如此出名，得益于屈原的引用。楚襄王时，屈原遭到放逐，“游于江潭，行吟泽畔，颜色憔悴，形容枯槁”。有渔夫遇到他，问他因为什么到了如此之境地。屈原回答说：“举世皆浊我独清，世人皆醉我独醒。”渔夫劝慰他“圣人不凝滞于物，而能与世推移”，也就是说不必思虑太深自命清高，否则也不会落到被放逐的下场。但屈原回答说：“吾闻之，新沐者必弹冠，新浴者必振衣；安能以身之察察，受物之汶汶者乎？宁赴湘流，葬于江鱼之腹中。安能以皓皓之白，而蒙世俗之尘埃乎？”即使失掉性命，也要保持自身的清正高洁。渔夫听了之后微微一笑，摇桨而去，唱出了这首《沧浪歌》。这些记叙来源于《楚辞》里的《渔夫》一篇，根据这篇文章，《沧浪歌》确实是渔夫所作。

但实际上，这首《沧浪歌》在春秋时期广为流传。孟子在《离娄》中记载：“有孺子歌曰：‘沧浪之水清兮，可以濯我缨；沧浪之水浊兮，可以濯我足。’孔子曰：‘小子听之！清斯濯缨，浊斯濯足矣，自取之也。’”这就说明，不只孟子，甚至孔子也听说过此歌，当然不可能是屈原所见的渔夫创作的了。

《沧浪歌》所产生的那个时代

《沧浪歌》流传于春秋战国时期，周王朝的控制力严重衰弱，所谓王纲解纽、礼崩乐坏，各诸侯国之间互相征战，先后出现了“春秋五霸”“战国七雄”，但老百姓依旧生活在水深火热之中。在这样的时代背景下，各种治国理政、修身治学的思想如雨后春笋一般出现在社会上。其中，隐者在当时的思想舞台上散发出灿烂的思想光芒。

《沧浪歌》的作者如今已不能确切知道是谁，但屈原笔下唱出此歌的渔夫确实是一位隐者。更早的时候，尧让天下于许由，许由认为这些话污染了他的耳朵，于是在河边清洗。此时他的朋友巢父牵牛饮水，知道此事后，连忙把牛向上游牵去，认为许由洗耳的水会污染牛的嘴巴。许由巢父对后世的最大影响就在于伸张了知识分子的人格独立，他们不必依附于现实政治才存活下去。后来商周交际，伯夷叔齐不食周粟，饿死于首阳山，更给了后人激励。

春秋战国时期，这样的人依旧存在。孔子周游列国，就遇到了长沮、桀溺、楚狂接舆等许多隐者，与前人坚定的不合作相比，他们的想法已然发生了巨大改变。在某种程度上，他们的退世隐居是混乱时代的不得已，当然也是时代的大不幸。

屈原笔下《沧浪歌》的作者是谁？（　　）

A. 渔夫　　B. 孺子　　C. 孔子

冯道，字可道，号长乐老，瀛州景城（今河北沧州西北）人，五代宰相。

天　道

［五代］冯　道

穷达皆由命，何劳发叹声。
但知行好事，莫要问前程。
冬去冰须泮[①]，春来草自生。
请君观此理，天道甚分明。

“但行好事，要问前程。”

本诗是五代时期鼎鼎有名的政治人物冯道所写的一首五言律诗。全诗言辞简朴明晰，体现了冯道本人圆滑而为、以应世变的处世哲学。

首联开门见山，揭示了全诗主旨：“人生道路的通达或者阻碍都由先天的命运所决定，何必再发出各种（不得志的）叹息呢？”颔联则是对首联的承接：“（既然命运已定）那么把握眼前，努力做好力所能及的事情，不要去理会将来会怎么样。”颈联通过季节的变迁，进一步阐述前两联所说的道理：“冬天过去寒冰自然消解，春天到来新草自然长出。”其背后的含义就是在说这一切冥冥之中自有定数，不需要人力的参与。换句话说，人在这种所谓“自然”、所谓“天道”面前是无能为力的。尾联是对全诗的总结：“请您体察这个道理，它就是所谓‘天道’的全部内容。”

与《沧浪歌》所传达出的圆通相比，本诗所流露出的处事圆滑的思想无疑是更加消极的。在所谓的天道面前，人是丝毫没有办法的，只能选择服从这种天道。所谓的“但行好事，莫问前程”，体现出来的是深深的无可奈何。真正积极的人生态度，应该是做好自己的事情，也要借此为自己为世界拼出一片光辉灿烂的前程。

①泮：消融、消解。

相信命有定数的冯道

冯道在《天道》诗中阐述了他对“天道”的理解，也就是他自己的人生哲学：命有定数，拼搏无功，只好圆滑以对。而在他的另一首七言律诗《偶成》中，他表露出几乎一模一样的人生态度：“莫为危时便怆神，前程往往有期因。须知海岳归明主，未必乾坤陷吉人。道德几时曾去世，舟车何处不通津。但教方寸无诸恶，狼虎丛中也立身。”不要因为面临危难便伤心忧郁，前路如何往往冥冥之中自有定数。这世界终究会有明君来统领，有福之人在天地之间自然能够立足。世人并不会全然放弃道德，舟车通达之处自然能够到达。只要心存善意，即使身处虎狼丛中也不会有生命危险。全诗并不强调个人奋斗拼搏的作用和效果，只是始终在说生命之中定数之不可违。冯道本人在五代乱世之中，历仕四朝十帝，却始终身居高位。之所以如此，一个很重要的原因就在于他秉持这样的人生态度和行事方法，所以在政治变化之中始终保持自身的平安。但也正因如此，他常常被后世讥评为“奸佞”。

忠奸难辨的“不倒翁”

冯道是五代时期声名显赫的政治人物，他历仕后唐、后晋、后汉、后周四朝，先后效力于后唐庄宗、明宗、闵帝、末帝，后晋高祖、出帝，后汉高祖、隐帝，后周太祖及世宗十位皇帝，还曾向辽太宗称臣，始终位居宰辅，在当时具有广泛的政治影响，后人称之为“不倒翁”“长乐老”。但是，冯道一生谨慎，对于君主的过失，他很少直言进谏；在日常生活中也显得忠厚老实，平易近人。他一生易主多次，但没有因此感到后悔愧疚。所以后世史家评价冯道，常常目之为奸佞，欧阳修认为他“可谓无廉耻者矣”，司马光认为他乃“奸臣之尤”，大加贬斥。

但另一方面，冯道在当时和后世得到了许多人的敬仰崇拜。欧阳修也说：“当世之士无贤愚皆仰道为元老，而喜为之称誉。”而这些人能够称誉冯道，也确实说明他有过人之处。冯道出身于贫寒之家，却能安贫乐道，一边奉养双亲一边读书，受到时人称道。后来他任职卿相，虽然很少声色俱厉地进谏，却能运用智慧讽喻君主。从某种角度说，与其说他不忠诚，不如说他不虚妄。在五代乱世之中，他的存在，往往是朝代更迭中的润滑剂，可以减少朝代更替所带来的血雨腥风，某种程度上减轻了战乱给普通百姓带来的伤害。王安石就认为冯道“屈身以安人，如诸佛菩萨行”并不是没有道理的。

冯道一生没有在哪个朝廷任职？（　）

A. 后金　B. 后汉　C. 后晋

杜荀鹤，字彦之，自号九华山人，池州石埭（今安徽省石台县）人。

泾溪

［唐］杜荀鹤

泾溪石险人兢慎[①]，
终岁[②]不闻倾覆人。
却是平流无石处，
时时闻说有沉沦。

“谨慎是时时处处都不能忘记的。”

本诗是唐代诗人杜荀鹤所作的一首七言绝句，全诗语言平白质朴，通过对泾溪上沉船事件的描写，寓理于事，教育人们居安思危，时时刻刻把“谨慎”二字放在心头不能松懈。

首句引出全诗：泾溪之中礁石密布，急流险滩之中十分危险，所以往来的人都因为害怕而变得小心翼翼。次句承接上句，正是因为往来的船家谨慎小心，所以常年听不到说哪里有船倾覆的惨剧发生。后两句相较前两句发生了转折，本来急流险滩是危险之地，但人们能因为谨慎而顺利通过，反而是没有石头水流平缓的地方，经常听到有船从此处沉下去的事情。为什么急流险滩能够平安通过，水流平缓之处却遭遇险情？最主要的原因在于：人们面对急流险滩能够全神贯注小心翼翼，因此防范了危险的发生；在风平浪静之地，人们往往麻痹大意随意应付，结果酿成惨剧。相较而言，外在的客观环境和人的主观意识对于行船安全都会有影响，作者在此强调的是人的主观意识的作用。

① 兢慎：因害怕而小心谨慎。
② 终岁：全年，整年。

沟、谷、溪、涧如何区分

汉字历经数千年的发展演化，形式变化多端，内涵逐渐丰富。如“沟”“谷”“溪”“涧”四个汉字，它们的含义既有相同之处又各有分别，不仅体现了汉字文化的厚重，也可由此看出其有趣的一面。这四个字中，含义最宽泛的是“谷”。最初，两山之间流水的通道被称为谷，后来没有流水也可以称为谷。除此之外，古人将带有外皮的粮食作物称为谷，如五谷外面都有外皮。“沟”相比于“谷”就简单多了，单指流水的通道，当然在平原上流水的通道也包含在内。“溪”，仅用来指两山之间流水的通道，没有水是不能称为“溪”的。而“涧”就是指小溪了。

流淌诗歌的溪水——泾溪

泾溪在今天的安徽泾县，泾县自古以来就是人文阜盛之地，出产的宣纸至今享誉全国。泾溪所注入的青弋江是泾县境内最大的河流，它也因此被诗人们吟咏。李白曾多次提到泾溪：“欲往泾溪不辞远，龙门蹙波虎眼转”（《泾溪东亭寄郑少府谔》），写出了泾溪流水之急之险；“何处名僧到水西，乘舟弄月到泾溪”（《别山僧》），则写出了泾溪的平静悠然。到了宋代，蒋之奇描写泾溪：“荡漾溪沙深浅间，群山回抱翠连环。扁舟便欲乘流去，直下山门六刺滩。”余良肱也写道：“画舸夷犹紫翠间，暮云如扫月如环。三山六刺须臾过，恰似严陵七里滩。”都能体现泾溪如画之美，泾溪也因此被人们熟知。

那些沉沦于平流之处的人

平流无石处，时时有沉沦。虽然这个道理已经被许多人指出以警醒后人，但从古至今，沉沦于风平浪静之地的人依旧比比皆是，为数不可谓不少，这恐怕需要从人性“趋于安乐而避除险境”的角度去寻找原因了。

清代名臣张廷玉，历经康雍乾三代帝王，仕途顺利，位极人臣。在其整个仕途前期，张廷玉能够谨慎勤勉，机敏处事，故而得到皇帝重用，进入国家权力中枢，被雍正帝称为“大臣中第一宣力者”，甚至在临死之际任命为顾命大臣，获得死后配享太庙的殊荣。但随着年龄渐长，与另一位顾命大臣鄂尔泰争权夺利，最后还要求退休以向皇帝施压，甚至要求皇帝写保证书保证其死后能够配享太庙。这些都引起皇帝极大的不满，而他在谢恩时不亲自觐见，只是让自己儿子递折子的行为更是激怒了乾隆帝。乾隆帝先是罢去了他的爵位，后来更是直接取消配享资格。

张廷玉晚年本来已经位极人臣，享有极大的荣宠，在朝野内外也可说是叱咤风云。但他忘记了“伴君如伴虎”，麻痹大意之下，落了个“沉沦平流、晚景凄凉”的下场，不能不引人叹惜。古人如范蠡、张良能够急流勇退，最终长保富贵，所以才得到后人无尽的敬仰。

下面三个汉字哪个不一定与水有关联？（　　）

A. 谷　　B. 沟　　C. 溪

白居易，字乐天，号香山居士，又号醉吟先生，河南新郑人，唐代诗人。

放言五首·其二

［唐］白居易

世途倚伏都无定，尘网牵缠卒未休。
祸福回还车轮毂[1]，荣枯反覆手藏钩。
龟灵未免刳[2]肠患，马失应无折足忧。
不信请看弈棋者，输赢须待局终头。

“祸福轮转，未到终局，皆不能定。”

本诗是白居易被贬江州司马寄送好友元稹的组诗《放言五首》中的第二首。通过举例说理的形式，揭示了祸福流转的人生道理，包含有矛盾总在一定条件下相互转化的朴素辩证法的哲学意涵。

首联开门见山，直接指明诗人所要传达的意思：人生道路高低起伏都没有定数，凡尘俗事对人的牵绊纠缠始终没有停止的时候。颔联和颈联运用两组比喻，进一步阐明了首联之意：我们所遭遇的祸福就像车轮一样回还往复；经历过的繁荣枯萎如同藏钩游戏一样反复无常。乌龟被认为能够通灵，却免不了剖开肚肠的祸患；马儿迷失之后，反倒会免去主人坠马折足的危险。尾联总结全诗：如若您还不相信这个道理，那就请去看看下棋的人，棋盘上的输赢变化只有等到最后才能确定（言外之意即是祸福不定，互相转化，凡事直到最后才能确定下来）。

全诗运用了多项事例，反复说明主旨，同时达到了深化主旨的客观效果。在唐代诗歌中，这样较为严整的说理诗是非常难得的。

① 车轮毂：像车轮那样转动。毂，原为车轮中心插轴的部位，此处指车轮。
② 刳：从中间剖开挖空。

手中藏钩是一种什么游戏

藏钩是中国古代的一种猜物游戏，相传起源于西汉武帝时期。汉武帝钩弋夫人从出生时就双手握拳，直到汉武帝巡行河间，她的双手才舒展开来，手中有一玉钩，因此钩弋夫人也被称为“拳夫人”。后来人们模仿钩弋夫人，玩起了藏钩游戏。游戏者分为两组，一组人将小钩藏于本组某人手中，由另一组人猜，猜中小钩之所在，即为获胜。在古代，这种游戏颇为流行，晋朝人有《藏钩赋》即专门描述这种游戏。

失马与折足有什么联系

失马的典故来源于《淮南子》。讲的是靠近边塞的地方有一位老人，有一天他养的马无缘无故跑到了胡人所在的塞外，众人皆以为是坏事他却认为是好事；后来这匹马果然带领许多马驹回来，众人皆以为是好事他却认为是坏事；他的儿子爱好骑马，家中好马众多，他儿子却因此摔断了腿，众人又以为是坏事；后来胡人入侵，众人战死颇多，只有这位老人的儿子因为残疾免于上战场，父子俩因此保全了性命。后人以“塞翁失马”的成语来说明祸福相依，在一定条件下相互转化的道理。

元白友谊长久之谜

唐代诸多诗人中，元稹与白居易之间的友情坚实度一定排在前列。元稹说他与白居易之间的友情“坚同金石，爱等兄弟”，而且这句话出现在他给白居易母亲所写的祭文之中，更可见其真实性。自古文人相轻，元白二人感情如此热络，当然有更深层次的原因。

元稹和白居易少年之时就相识，他们同在贞元十七年参加科举，双双中第，后来又一起在华阳观学习，参加难度更大的制科考试，又是双双胜出。少年时的美好记忆当然是不会轻易忘却的。而在长安准备应试的几年间，两人一同学习、一同探讨问题，不论是文学观还是政治观都取得了高度一致。他们共同发起中唐文学史上著名的新乐府运动，世人因此将他们并称为“元白”。面对中唐时期日益严重的宦官专权现象，他们奋起反抗，因此也一起遭到宦官集团的报复。在被贬之后，二人在经济上互相扶持，精神上互相鼓励，虽然见面的日子很少，但通过诗文保持着密切的联络。最出名的应数白居易写给元稹的《与元微之书》：“微之微之！不见足下面已三年矣，不得足下书欲二年矣，人生几何，离阔如此？况以胶漆之心，置于胡越之身，进不得相合，退不能相忘，牵挛乖隔，各欲白首。微之微之，如何如何！天实为之，谓之奈何！”情真意切，感人至深。

相传藏钩游戏起源于以下哪位历史人物？（　　）

A. 钩弋夫人　　B. 戚夫人　　C. 慎夫人

李白，字太白，号青莲居士，又号“谪仙人”，唐代伟大的浪漫主义诗人。

箜篌谣[①]

［唐］李　白

攀天莫登龙，走山莫骑虎。
贵贱结交心不移，唯有严陵及光武。
周公称大圣，管蔡宁相容。
汉谣一斗粟，不与淮南舂。
兄弟尚路人，吾心安所从。
他人方寸[②]间，山海几千重。
轻言托朋友，对面九疑峰[③]。
开花[④]必早落，桃李不如松。
管鲍久已死，何人继其踪？

“李诗中独具一格。”

本诗是李白以古乐府《箜篌谣》为题而作的古体诗，通过一系列用典，表达了对朋友相交尤其是真心朋友相交之难的感叹，同时指明人与人的交往要注重心与心的距离、轻诺则寡信等人生道理。全诗言辞古朴，情感真挚，议论层层深入，在李诗中独具一格。

全诗首句，将真心朋友的结交比作驾龙上天、骑虎渡河，以此表示此事难度之高。诗人认为，世上真心朋友，只有汉代的严陵和光武皇帝，他们做到了不论贵贱，友情不改。此后，诗人举出两个事例，从反面论述即使兄弟也可能反目。周公那么贤明的人，管叔蔡叔还不肯容忍；汉代歌谣所唱一斗粟的事情，就是讽刺文帝与淮南王兄弟不和。兄弟尚且如路人一样，结交朋友寄托真心就更难了。此后诗人开始诉说自身交友的经验感受：自己和他人心与心的距离，仿佛隔着几千重山海般遥远。朋友言语之间的往来貌似真心实意，实际上也仿佛面对着九疑峰一样不知真假。桃李开花虽早但也早早飘落，终究不如松柏长青。朋友之间也不能轻信漂亮的言语。最后诗人用一句感叹结束全诗：管仲和鲍叔牙死去很久了，不知还有没有人像他们一样，朋友之间真情相待？诗人的情绪在此达到低谷，但也在此中蕴含着对真正的友情的期待和渴望，孕育着希望的种子。

①箜篌谣：《乐府诗集》谓《箜篌谣》不详所起；《太平御览》引作“古歌辞”。大略言结交当有始终。②方寸：指心。③九疑峰：也作九嶷山，一名苍梧山。在湖南宁远县。相传虞舜葬于此。④开花：一作“多花”。

敢把脚压在皇帝肚子上的严陵

严陵本名严光，字子陵，后人简称为严陵。在严光年少之时，他和南阳人刘秀一同学习，关系很好。西汉末年，天下大乱，刘秀自南阳起兵，建立东汉王朝，称光武帝。刘秀称帝之后，数次派出使者甚至亲自出面邀请严光辅佐自己，但严光始终不肯。光武帝就把他接到皇宫里与自己同吃同住，晚上睡熟之后，他竟将自己的脚压在光武帝的肚子上。第二天一早，大臣上奏说，昨晚客星冲犯帝星，皇帝笑着回答："朕故人严子陵共卧耳。"严光终究没有接受光武帝的官职，他在富春山隐居耕田，最终在八十岁时死于家中。

君子也没有处理好兄弟关系

周公是西周早期最出色的政治家之一，也是后世所认为最为贤良的公卿大臣。管叔是周公的亲哥哥，蔡叔是他的亲弟弟。周武王去世后，将朝政托付于周公，管叔、蔡叔怀疑周公要篡权夺位，挟持商王后裔武庚发起叛乱。周公亲自东征平叛，亲自诛杀管叔、武庚，流放蔡叔，才最终镇压下去。《史记》记载，西汉年间百姓有歌谣唱道："一尺布，尚可缝；一斗粟，尚可舂。兄弟二人不能相容。"指淮南厉王刘长谋反失败，被兄长汉文帝刘恒流放而自杀的事情。

管鲍之交：朋友交往的典范

管仲与鲍叔牙都是春秋时期齐国著名的政治家。他们之间的交往被后世称为"管鲍之交"，用来形容如这两个人一样真挚的友谊。

年少之时，管仲和鲍叔牙一起做生意，管仲出的成本少，拿的分红却多。别人认为管仲太贪婪，只有鲍叔牙理解他："他家里生活太困难，我主动分给他的。"管仲带兵打仗，进攻之时躲在队后，撤退时却跑在队伍前面。别人认为他贪生怕死，不愿跟随他，鲍叔牙为管仲辩解："他家里还有老母亲需要奉养，所以不得不爱惜生命。"管仲听到后感叹说："生我者父母，知我者鲍子也。"

后来两人一起参政，管仲辅佐公子纠，鲍叔牙辅佐公子小白。公子纠与公子小白因为要争夺齐国国君之位发生冲突，管仲一箭射中了公子小白的衣带钩。后来公子小白成功即位，一心要杀死管仲，鲍叔牙不仅为管仲求情，还向已经是齐桓公的公子小白大力推荐，认为管仲是能够治国图霸的人才，其才干比自己强多了。齐桓公听从了鲍叔牙的建议，任用管仲为相，齐国大治，称霸于诸侯。

世间人与人的交往多为利益往来，朋友之间也不能例外。而管鲍之交，超越了个人利益，因而他们的交往更加纯洁真挚，这也是后人称赞、羡慕他们的原因吧。

以下哪位历史人物与周公不是兄弟关系？（　　）

A. 武王　　B. 武庚　　C. 蔡叔

本章知识小问答答案

第 003 页　正确答案：B. 曹植

第 005 页　正确答案：C. 李白

第 007 页　正确答案：C. 慧能

第 009 页　正确答案：B. 余钱

第 011 页　正确答案：A. 代汉自立

第 013 页　正确答案：C. 张问陶

第 015 页　正确答案：B. 郑旦

第 017 页　正确答案：C. 范仲淹

第 019 页　正确答案：C. 李清照

第 021 页　正确答案：A.《大雅》

第 023 页　正确答案：A. 惊奇诧异

第 025 页　正确答案：A. 渔夫

第 027 页　正确答案：A. 后金

第 029 页　正确答案：A. 谷

第 031 页　正确答案：A. 钩弋夫人

第 033 页　正确答案：B. 武庚

『云淡风轻近午天，傍花随柳过前川。』

『政入万山围子里，一山放出一山拦。』诗人以生活中的意趣成诗，或歌咏山水万物，或表达新近的生活思考，或记录意外的新发现，诗凝画意，画聚诗魂，诗画相融，相映成趣。

张旭，字伯高，一字季明，唐朝吴县人，以草书著名。

桃花溪[①]

［唐］张　旭

隐隐飞桥[②]隔野烟，
石矶[③]西畔问渔船。
桃花尽日随流水，
洞[④]在清溪何处边。

“桃花源，心中的那片净土。”

诗人在这首诗中借陶渊明《桃花源记》中的意境，追寻着自己的世外桃源。首句以远处之景展开：山谷深处，烟雾缭绕，一座高桥架于其间，若隐若现。“隔”字给人一种神秘、朦胧之感，令人浮想联翩。

接着，颔联从近处着笔，桃花溪中有岩石从水中露出，形成小小的溪洲，诗人站在岩石的边上，看着缓缓摆渡而来的渔船，恍惚觉得撑船的便是曾经误入桃花源的那个渔人。于是，诗人忍不住询问：桃花终日随风飞舞，纷纷扬扬，落到水面跟着流水消失不见，是否可以带我们到那桃花源的洞口呢？而这洞口，究竟在清溪的哪边呢？

诗句戛然而止，没有写渔人的回答，也没有告诉我们桃花源究竟在哪里。其实能不能找到桃花源也许并不重要，重要的是，诗人心中存有的对世外桃源的丰富想象，以及对美好生活的向往。

① 桃花溪：水名，在湖南省桃源县桃源山下。② 飞桥：高桥。③ 石矶：水中积石或水边突出的岩石、石堆。④ 洞：指《桃花源记》中武陵渔人找到的洞口。

饮中八仙歌：醉酒能有多可爱

饮中八仙指的是唐朝十分喜欢饮酒的八位诗人作家，分别是李白、贺知章、李适之、汝阳王李琎、崔宗之、苏晋、张旭、焦遂，他们也被称为酒中八仙或者醉八仙。

杜甫还为这八个人写了一首七言古诗《饮中八仙歌》，并在诗中生动形象地描绘了这八个人醉酒的情态，第一个便是年事最高、资历最深的贺知章，他写道“知章骑马似乘船，眼花落井水底眠”，说的是贺知章喝完酒骑着马，像坐在船上一样，摇摇晃晃，醉眼蒙眬掉到井里，居然还在井底睡着了。之后按照官爵，从王公将相写到布衣，其中写李白的便是那句著名的“天子呼来不上船，自称臣是酒中仙”，一下子把李白那种傲岸不羁的形象勾勒出来；写张旭则用“脱帽露顶王公前，挥毫落纸如云烟”，展现了一个不拘礼节的“草圣”。整首诗语言诙谐幽默，富有情趣。

张旭：原来古代也有“行为艺术家”

张旭是唐代一位极具个性的草书大家，他性情豪放，酷爱饮酒，每每在醉酒之后，就“耍起酒疯”，手舞足蹈，大声呼叫，俨然变成一个“行为艺术家”。呼叫之后便提笔落墨，一笔成书。有时候性情大发，甚至把头发散开，将头浸在墨汁中，然后甩动头颅书写，让人吃惊不已。因此人们为他取了个雅称——“张颠”。而他的书法，也如同他奔放狂傲的内心，跌宕起伏，酣畅淋漓。后来怀素继承和发展了张旭的笔法，也以草书得名，两人并称为“颠张醉素”。

张旭曾经说过自己如何得到书写的灵感——最开始时，他看见公主与挑夫争着过路而悟得草书笔法的意境，后来又观公孙大娘舞剑而领悟到草书笔法的神韵。由此可见，张旭虽然性格豪放，但是一个粗中有细之人，他能够从生活中接触的事物体悟书写的方法，并将其融入自己的书法中，因而成就颇高。当时的人们都将他的作品视若珍宝，偶得一小块真迹，便珍藏家中，世代承袭。而张旭，也以他的书法，在中国历史上占据了重要的地位。

唐代三绝是指李白的诗歌、张旭的草书和下列哪一个？（　　）

A. 公孙大娘的舞剑　　B. 裴旻的剑舞　　C. 韩愈的散文

杨万里，字廷秀，号诚斋，吉州吉水（今江西省吉水县）人，南宋诗人。

过松源晨炊漆公店[1]

［宋］杨万里

莫言[2]下岭便无难，
赚得[3]行人空喜欢[4]。
政入万山围子里，
一山放出一山拦。

“万物皆灵，此诗更灵。”

这首诗是杨万里的《过松源晨炊漆公店六首》当中最为人们所熟悉的一首。虽是写在山区行路的感受，却另辟蹊径，借助直接的景物描写和生动的比喻，寄寓一个简单而深刻的道理。

首句“不要说从山岭上下来就没有困难”当头喝起，讲述了整个艰难攀登的上山过程和过程中经历困难的感受，这是对以往人们认为上山艰难、下山容易的心理的有力反驳。第二句“这句话骗得前来爬山的人白白地欢喜一场”补足首句，一个“赚”字把实际的困难与想象中的容易形成鲜明对比，却又不点破，留下悬念。三四句用“空欢喜”承接悬念：“当你进入崇山峻岭的圈子里以后，你刚攀过一座山，另一座山立刻将你阻拦。”杨万里笔下的山变成了有生命的东西，它为行人设置了层层圈套，而行人身处其中，先感到意外、诧异，接着厌烦，最后恍然大悟，尽管富有变化，全诗却一气呵成，通俗易懂。

无论做什么事，都要充分估计前行道路上的困难，不能被脑海中想象到的容易与成功迷惑。这首诗朴实平易，却又运用“空”“放”“拦”等词语写出了行人的神态，写出了山的思想与性格，写出了耐人寻味的道理，称得上是万物皆灵，此诗更灵。

①松源、漆公店：地名，在今皖南山区。②莫言：不要说。③赚得：骗得。④空喜欢：白白地喜欢。

山与人与诗

许多东西，许多事情的意义，其实都是人赋予的。诗人笔下的诗歌中蕴藏的意义也是由人在思考自然中得出的，而山这个景象在自然中出现频率最高，如苏轼的《题西林壁》，只有真正看过山，才能得出“不识庐山真面目，只缘身在此山中”的真理。

《过松源晨炊漆公店》写在杨万里建康江东转运副使任上外出纪行时，他一生力主抗战，反对屈膝投降，一直得不到朝廷的重用，待到宋孝宗登基，他就被外放了。外放途中，他看到群山环绕，想起自己的经历，突然感慨不已，才写了这首诗。

其实山是不动的，但山在杨万里的笔下是灵动的，是有生命的，这是诗人的心思在使静的物体变得生动，给人一种耳目一新且自然活泼的感觉。

人看山，诗写山；山看人，山读诗。

名人万花筒
MINGREN WANHUATONG

吃货人生——杨万里

众人熟悉杨万里，都因为他那些描写自然景物和田园风光的诗歌，清新自然，意境优美，但其实美食与美诗形影相随，杨万里还是个不折不扣的吃货呢。

《德远叔坐上赋肴核》，是杨万里写的关于菜肴和水果的组诗，一共八首，分别吟咏了糟蟹、牛尾狸、蕈菜、蜜金橘、藕、人面子、糖霜、银杏八种美食。其中的蕈菜，即第三首“齑臼文辞粲受辛，子牙为祖芥为孙。劝君莫谒独醒客，只谒高阳社里人”所写的美食，杨万里特别喜欢，不仅写过好几首关于蕈菜的诗，还把这种野菜种在自家菜园里。

除了野菜，杨万里还喜欢用鲜梅花蘸着蜂蜜吃，这在《庆长叔招饮》（“南烹北果聚君家，象箸水盘物物佳。只有蔗霜分不开，老夫自要嚼梅花”）中可窥一二。

《食蒸饼作》是杨万里吃了一顿美味的蒸饼后挥毫写就的，他后来还写了一首《炙蒸饼》，把吃蒸饼的声音比作簌簌的落雪声，称赞其美如天籁。

……

读着杨万里写美食的佳作，能在其中体会到他自足自适的生活态度，读来有种安贫乐道的吃情人生，甚至有一种革命的乐观主义精神在里面。

知识小问答

以下哪首不是杨万里的作品？（ ）

A.《题西林壁》 B.《庆长叔招饮》 C.《德远叔坐上赋肴核》

程颢，字伯淳，号明道，北宋理学家、教育家，理学的奠基者，“洛学”代表人物。

春日偶成

［宋］程　颢

云淡①风轻近午天②，
傍花随柳过前川。
时人③不识余心乐，
将谓偷闲学少年。

解读赏析
JIEDU SHANGXI

“初读平淡无奇，反复咀嚼，便能寻出深意。”

这是程颢创作的一首七言绝句。表面上看，不过是一首描写春天景象和春天郊游心情的诗，但更是一首写理趣的诗，用白描手法把明丽的春光与自得其乐的心情融为一体。

前两句“淡淡的云在天上飘，风儿吹拂着我的脸庞，此时此刻已近正午，我穿行于花丛之中，沿着绿柳，不知不觉间来到了前面的河边”，读来十分平淡，可细细体会，不仅能读到诗人春游时所见所感，看到美丽的鲜花、袅娜的绿柳，仿佛身处画中；还能感受到诗人因留恋秀丽的景色而不知不觉走了很远，忘记了距离，忘记了时间。

后两句一改写景写情的含蓄，直接抒发自己的内心世界：“当时的人不理解我此时此刻内心的快乐，还以为我在学年轻人的模样，趁着大好时光忙里偷闲呢。”武汉大学教授沈祥源赞叹道：“这首诗语言简洁朴素，如同谈心，初读觉得平淡无奇；但反复咀嚼，便能从平淡中寻出深意的诗味来。”

①云淡：云层淡薄，指晴朗的天气。②午天：指中午的太阳。③时人：一作“旁人”。

春游值得这么开心吗

在云淡风轻的大好春色中信步春游，本属平常，但为什么程颢这么开心呢？当时处在一个扼杀人们性灵的朝代，长者只应该摆出一副冷冰冰的面孔，端然危坐。这首诗是程颢在时任陕西鄠县主簿时写的，已经是一位长者了，长年困在书斋里，其实少有闲暇宽怀的日子。可是，程颢有着对自然真性的理解和追求，面对大自然的吸引，他做出了为“时代”嘲笑与讽刺的举动，却乐在其中。

春游在当时是只有“狂”劲儿的少年人才会做的事，可程颢做了，不仅表现了一种孤芳自赏的高雅，而且透露出他的另一种性格：虽然生活在令人感到窒息的“理”的朝代，却依旧保持着对大自然的热情与感动。

大自然对程颢来说，不仅仅是春游时的世界，更是内心的释放之地，当然值得用力开心。

教育家程颢

程颢最为人所知的是北宋理学家的身份，但他的教育家身份同样值得赞叹。

在教育目的上，程颢主张培养圣人为职责：“圣人之志，只欲老者安之，朋友信之，少者怀之”，圣人以天地为心，“一切涵容复载，但处之有道”。

在教育内容上，程颢主张以《大学》《论语》《孟子》《中庸》为指南，以伦理道德为根本：“学者须先识仁。仁者蔼然与物同体，义、智、信，皆仁也。”同时，以德育为重，强调自我修养：“格物致知明本末。”

在学习方法上，程颢强调求其意：“凡看文字，先须晓其文义，然后可求其意，未有文义不晓而见意者也。”在阅读上，程颢主张要思考：“不深思则不能造其学。”

作为一名园丁，严于律己是本职。程颢曾师从于周敦颐，24岁时开始授徒讲学，长达二十多年，他不仅勤奋好学，还谦让大方，他的教育主张和思想对后世教育影响极大。

关于程颐以下哪个说法不正确？　（　）

A. 主张德育　　B. 宋朝理学家　　C. 代表作《大学》

李白，字太白，号青莲居士，又号“谪仙人”，唐代伟大的浪漫主义诗人。

把酒问月·故人贾淳令予问之

［唐］李　白

青天有月来几时，我今停杯一问之。
人攀明月不可得，月行却与人相随。
皎如飞镜临丹阙[①]，绿烟[②]灭尽清辉发。
但见宵从海上来，宁知[③]晓向云间没[④]。
白兔捣药秋复春，嫦娥孤栖与谁邻。
今人不见古时月，今月曾经照古人。
古人今人若流水，共看明月皆如此。
唯愿当歌对酒时，月光长照金樽里。

“奇想自天外来。”

这是李白创作的一首咏月抒怀诗，通过多侧面描摹孤高的明月形象和多层次感叹世事推移、人生短促，表达了诗人潇洒的性格和博大的胸襟。

本诗开头用一个极富气势的问句领起全篇：“青天上的明月你何时出现？我现在停下酒杯且探问之。”紧接着点明人与月亮之间的关系，高悬的月亮让人可望而不可即，可是不管人们走到何处，月光都如在身边般同行。接下两句描绘月亮揭开了纱罩，露出了娇容，显现出光彩照人的美丽，诗人连续的几句提问推远了月亮的形象，也流露出孤苦的情怀。

后两句“现在的人见不到古时之月，现在的月却照过古时之人”淋漓尽致地渲染了人生短暂的哲理，意味深长，甚至回肠荡气。最后诗人说：“古人与今人如流水般流逝，共同看到的月亮都是如此。只希望对着酒杯放歌之时，月光能长久地照在金杯里。”在海阔天空的诗情中驰骋一番，最后又回到酒杯之中，令人感受到极深的诗意。

从古至今，月亮始终是一个神秘的存在。从酒到月，从月归酒，月亮与人生反复对照，在时间中，在空间中，诗人表达了对宇宙、对人生的深度思考，情理并茂，富有极强的艺术感染力。

①丹阙：朱红色的宫殿。②绿烟：指遮蔽月光的浓重的云雾。③宁知：怎知。④没（mò）：隐没。

为什么月亮在天上的位置每天都不一样

月亮是有固定轨道的，它以椭圆轨道绕地球运转，这个轨道平面在天球上截得的大圆称“白道”。白道平面不重合于天赤道，也不平行于黄道面，而且空间位置不断发生变化。在日常生活中，我们每天看到的月亮都会比前一天同一时间向东移动约13°，月球绕地球一周需要27天7小时43分11.559秒，所以我们每天看到的月亮的位置都不相同。

白天怎会也出现月亮

月球绕地球转，地球带着月亮一起绕太阳转时，月亮和太阳的位置在不断发生变化。当月亮与太阳相距很远时，月亮只能在夜晚的天空中见到。而如果月亮与太阳离得不太远也不太近，月亮就会在白天与太阳同时出现在天空中，有时出现在太阳的东面，有时出现在太阳的西面。当太阳在白天出现时，其实月亮就在它的旁边，只是在强烈的阳光照射下，我们无法看到。

李白与月亮的不解情缘

李白的一生，和月亮有着不解的情缘，他的诗歌多以月亮为意象，他的人生故事也多和月亮有关。

“小时不识月，呼作白玉盘。”《古朗月行》中，月亮是天真烂漫、朦胧美好的意象。“峨眉山月半轮秋，影入平羌江水流。”《峨眉山月歌》中，月亮是远行路上寻找梦想和未来的光辉。

此外，《赠从孙义兴宰铭》中的“朗然清秋月”，《赠秋浦柳少府》中的“时来饮山月，醉酒弄清辉”，《赠僧崖公》中的“中夜卧山月，拂衣逃人群”，《襄阳歌》中的“清风朗月不用一钱买”，这些都让我们看到了月亮之于李白的意义，月是陪伴，颠沛流离中唯有月亮永恒。更耳熟能详的，还有《静夜思》和《月下独酌》。《梦游天姥吟留别》中的“一夜飞度镜湖月”，《宣州谢朓楼饯别校书叔云》中的“欲上青天览明月”，以及《长相思》中的“孤灯不明思欲绝，卷帏望月空长叹”，诗人又像是在跟我们表达梦终究会醒，而人永远生活在现实里。

月亮是知己。无论春风得意，抑或孤苦无依，那轮明月，总能抚慰诗人的心。李白这一生，诉之于月，托之于月。

以下哪首诗李白不曾提到月亮？（ ）

A.《月下独酌》 B.《明月》 C.《长相思》

杨巨源，字景山，后改名巨济，河中治所（今山西永济）人，唐代诗人。

城东早春

［唐］杨巨源

诗家[1]清景在新春，
绿柳才黄半未匀。
若待上林花似锦，
出门俱是看花人。

“纳清极、秾极之景于一篇。”

此诗是杨巨源诗作中的佳篇，以只描写一处柳芽的方式描写了早春全景，语言精练，构思巧妙，含蕴深刻。

第一句“早春的清新景色，正是诗人的最爱”，赞美了所见的早春景色，“清”字用得十分贴切，不仅指清新的早春景色，而且指因未能吸引人注意的清幽环境。第二句“绿柳枝头嫩叶初萌，鹅黄之色尚未均匀”紧承上句，具体描绘了早春景色——气候寒冷，百花尚未开放，唯柳枝新叶，冲寒而出，最富有生机，为人们带来春天的消息。

后两句用“若待”一转，从景色的假设面下笔“若是到了花开之际”，写繁花似锦，写游人如云，写环境喧嚷，以此反衬早春之清新，突出自己对这清新之景的喜爱。其中也蕴藏着作者的神笔，“看花之人”不仅仅说的是看花的人，更是指那些对功成名就争趋共仰的人，意在说明：选拔人才，应在他们地位卑微、功绩未显之时，即嫩柳初黄、色彩未浓之时，方能让他们迅速成才，担当大用。

生动的笔触描绘了早春的清新景色，表达了诗人极其欢悦和赞美之情，也写出了其中蕴含着的耐人寻味的道理。王思宇评价此诗：“纳清极、秾极之景于一篇，格调极轻快。”

① 诗家：诗人的统称，并不仅指作者自己。

古长安的东西市

题目《城东早春》中的“城”，按照历史考究，指的是唐代京城长安。杨巨源曾在长安任职多年，历任太常博士、礼部员外郎、国子司业等职。

唐代京城长安有“东市”和“西市”两大市场。“东市”在现西安交通大学一带，主要服务于达官贵人等上层社会。由于市场针对的人群更大，“西市”相较“东市”明显大多了，占地1600多亩，有4万多家商铺，不仅服务于大众平民，更是拥有大量国际客商的国际性市场，是当时世界上最大的商贸中心。

所处的位置不同，所经营的商品种类也有不小区别。“东市”经营的商品多为奢侈品，即“四方珍奇，皆所积集”，而“西市”卖的大多是衣服、蜡烛、药等日常生活用品。

唐代完善的选拔人才制度

杨巨源写《城东早春》，从表面看不过是描写早春景色，而实际上深刻地指出，求贤助国、选拔人才，应在被选拔的人地位卑微、功绩未显之际，而后善于识别、大胆扶持，他们便会迅速成才，担当大用；如果等到他们功成志得、誉满名高时，人人争趋共仰，就谈不上发现和帮助了。

而唐代正是用完善的科举制度为国家选拔优秀的人才，正好符合杨巨源的愿望。唐代取士的主要途径有三条：一是礼部主持的各地士人的考试，名为“乡贡”；二是中央官学毕业生的考试，名为“生徒”；三是皇帝下诏征求，名为“制举”。前两种考试是经常举办的，制举则依当时的需要举行，并无定期。

科举制度主要分为明经与进士，但应试者的社会背景则有不同。应明经试的，大多为北方的旧家子弟；应进士试的，则多为南方的平民阶级。而进士之所以人才众多，虽与政府选拔严格有关，但也与考试时务策和杂文有很大关系，诗赋策论能够让应试者的思想比较不受拘束，容易发挥，人才也就比较容易被发现，更显公平。

唐代的选拔人才制度不包括以下哪一项？（　　）

A. 乡贡　　B. 科举制　　C. 禅让制

苏轼，字子瞻，号东坡居士，眉州眉山人，北宋文学家、书法家，唐宋八大家之一。

琴诗

［宋］苏　轼

若[①]言琴上有琴声，
放在匣中何不鸣？
若言声在指头上，
何[②]不于君指上听？

“哲理的具体形象化。”

这是北宋诗人苏轼的一首哲理诗，在他的众多哲理诗中，《琴诗》没有任何景物描写，而是直接从现象入手，提出具体问题。

诗歌一共提出了两个问题。第一个问题是：“如果说琴声发自琴，那把它放进盒子里为什么不响呢？”第二个问题是：“如果说琴声发自手，为何你的手上听不到声音？”两个问题，都能引发读者的思考，虽然诗中没有给出回答，但答案已经不言而喻了：没有琴，就听不到美妙的琴声；没有手，也听不到动听的琴声。

道理自然也呼之欲出：世界上的任何一件事都是由几个因素相辅相成的。一支美妙乐曲的产生，单靠琴不行，单靠指头也不行，人和琴需要配合，可是琴不难掌握，指头人人都有，当然还得靠人的思想感情和技术的熟练。人与人之间有很大差异，思想感情和弹琴技术也有一定差异，演奏出的乐曲的悦耳程度也完全不同。

①若：如果。
②何：为何。

琴声从何而来

琴是如何发出声音的？从何而来？

根据科学知识，琴能够演奏出优美的乐曲，不光需要琴，还需要人的指头去弹动、敲击钢丝，产生振动。也就是说，人的手指和琴同时存在是琴发出琴音的物质基础，只有两者相辅相成，才能奏出优美的音乐。

声音的音质与介质的材料不同有很大关系，音高一般与物体的大小、粗细、厚薄、长短、松紧等有关，大、粗、厚、长、松的东西振动慢，频率低；反之，频率高。对于琴而言，由于钢丝的粗细不同，所以按不同的键，木槌就会敲击相应的钢丝，发出不同的声音。

诗词小真相 SHICI XIAO ZHENXIANG

《琴诗》背后的佛教

《琴诗》的哲理性在于其中蕴含着一个复杂的美学问题：产生艺术美的主客观关系。苏轼其实经常用诗歌来讲道理，而诗歌中选取的意象大多简单明了，却能一针见血，触及难言的哲理，发人深省。

在这首诗的写法上，苏轼可能受到了佛教的启发。佛教视有为无，视生为灭，追求无声无形，不生不减。音乐的真实也就是一种虚无，所以音乐无所谓是否真实，而要以“谐无声之乐，以自得为和”“反闻闻自性，性成无上道”，通过内心的感受而自得、反悟禅道。

诗歌两句都是一句假设一句反问，寓答于问，以给出启迪：任何事业的成功，都是客观条件和主观能动性结合的结果，此诗表现出诗人探究事物真谛的浓厚兴趣，也显示出诗人朴素的辩证思想，整体天真活泼，机趣横生。

关于苏轼以下哪一项说法有误？（　　）

A. 唐宋八大家之一　　B. 擅长写山水诗　　C. 东坡居士

曾巩，字子固，北宋政治家、文学家、散文家，唐宋八大家之一。

城南

［宋］曾　巩

雨过横塘①水满堤，
乱山高下②路东西③。
一番桃李花开尽，
惟有青青草色齐。

解读赏析
JIEDU SHANGXI

"惟有青青草色齐。"

这是北宋诗人曾巩的一首七言绝句，看似是一首写景诗，但其实通过把容易凋谢的桃花、李花与青色长久的小草进行对比，暗示一个哲理：桃花、李花虽然美丽，生命力却很弱小；小草虽然朴素无华，生命力却很强大。

前两句描写了暮春时节大雨过后的山野景象——"春雨迅猛，池塘暮春过后水满，遥望群山，高低不齐，东边西侧，山路崎岖。"读起来朗朗上口，脑海里不自觉地会显现出暮春时节的山野，不禁赏心悦目。可这仅仅是景色，更深层的道理还没有点明呢，后两句依旧不离景象"热热闹闹地开了一阵的桃花和李花，此刻已开过时了，只见眼前春草萋萋，碧绿一片"，在浅显的语言之后，表达出对依然充满生机的雨后的大自然的赞赏。

"惟有青青草色齐"一句，神来之笔，寓情于景，情景交融，格调超逸，清新隽永。

① 横塘：古塘名，在今南京城南秦淮河南岸。② 乱山高下：群山高低起伏 。
③ 路东西：分东西两路奔流而去。

小草为什么是绿色的

太阳光有七种颜色，即红橙黄绿青蓝紫。当太阳光照射到地球上，会被植物吸收，从而进行光合作用。根据吸收光谱，绿色植物主要吸收的是红橙光和蓝紫光，而对绿光的吸收最少，因而大多数的绿光都会反射回来，所以我们看到的小草就是绿色的。

同时，小草是一种含叶绿素的绿色植物。叶绿素是小草生长所必需的，为小草的成长提供能量。叶绿素中含有叶绿素A、叶绿素B、叶黄素和胡萝卜素，它们的颜色其实都属于黄绿色系，因页就不会吸收黄绿光，那么黄绿光就会被反射进入我们的眼睛，我们看见的小草也就是黄绿色或是绿色的了。

在语文书上存在感很低的曾巩

在中小学语文教材上，唐宋八大家出现的频率很高，韩愈“师者，所以传道受业解惑也”的《师说》可以说是老师的信条；柳宗元的《江雪》极早就出现在小学课本里；苏轼更不用说了，“明月几时有，把酒问青天”的《水调歌头》脍炙人口；苏洵有《六国论》，欧阳修有《醉翁亭记》，苏辙的名望也不低；王安石那一句“春风又绿江南岸，明月何时照我还”一直为人传诵；可同样作为唐宋八大家，曾巩就几乎没有文章入选语文书，这是为什么呢?

为什么曾巩在语文书上存在感很低？其实主要是曝光度低，事实上曾巩的水平很高，看看其他几位大家是如何评论曾巩的就知道了。欧阳修说：“其大者固已魁垒，其于小者亦可以中尺度。”王安石说：“曾子文章众无有，水之江汉星之斗。”苏轼说：“曾子独超轶，孤芳陋群妍。”苏辙说：“儒术远追齐稷下，文词近比汉京西。”……

虽然曾巩在语文书中的存在感低，但能被诸多文坛巨擘这么称赞，可见其厉害程度。

关于曾巩以下哪一项说法有误？（　　）

A. 唐宋八大家之一　　B. 在语文书上存在感低　　C. 南宋文学家

李贺，唐代诗人，字长吉，福昌（今河南宜阳西）人。

梦　天

［唐］李　贺

老兔寒蟾泣天色，
云楼半开壁斜白。
玉轮轧露湿团光，
鸾珮[①]相逢桂香陌。
黄尘清水三山[②]下，
更变千年如走马。
遥望齐州[③]九点烟，
一泓[④]海水杯中泻。

“格调超逸，清新隽永。”

这是唐代诗人李贺为艺术幻想而创作的浪漫主义诗篇。浪漫主义诗歌的特点是想象奇特，这首诗中尤其凸显，诗人仿佛做了一个梦，在梦中上了天，在天上俯瞰人间，足够浪漫。

开头四句，描写的是在梦中上天的情景。第一句“月宫的老兔寒蟾在悲泣天色”，讲述了一个古老传说，即月亮上住着玉兔和蟾蜍；第二句“云楼门窗半开月光斜照粉壁惨白”，在眼前先幻成了一座楼阁，而后看到月亮的光芒射在云朵上；第三句“月亮像玉轮轧过露水沾湿了团光”，把诗人在梦里漫游见到的景色都描写尽了；第四句“在桂花香陌欣逢身戴鸾佩的仙娥”，一转话锋，写自己进了月宫，遇到一群仙女。

前四句层层分明，步步深入。后四句能分两段，第一段“俯视三座神山之下茫茫沧海桑田，世间千年变幻无常犹如急奔骏马”，写的是诗人与仙女的叹花，而第二段“遥望中国九州宛然九点烟尘浮动，那一汪海水清浅像是从杯中倾泻”是诗人俯瞰的景色，也是诗人尽情的幻想，仿佛此刻他真的飞到了月宫，看到了大地的渺小和时间的渺小。

俯瞰人间，时间短促，空间渺小，寄寓了诗人对人事沧桑的深沉感慨，表现出他冷眼看待现实的态度。

① 鸾珮：雕刻着鸾凤的玉佩，此代指仙女。② 三山：指海上的三座神山蓬莱、方丈、瀛洲。③ 齐州：中州，即中国。④ 泓：量词，指清水一道或一片。

天上一天，地上真的一年

因为《西游记》，很多人都知道“天上一天，地上一年”这个说法。这是典型的道教时间观念：时间在世界上的流动是不均衡的，时间流速异常的有仙境，有福地，还有人的梦。

其实，“天上一天，地上一年”的最早说法见于《洞冥记》，传说小时候的东方朔出门了，过了好几个月才回来，一回家就挨老妈的打。过了一段时间，东方朔又出去了，而这一次东方朔过了一年才回来。他妈妈又生气地问他去哪里了，东方朔说：“儿至紫泥海，有紫水污衣，仍过虞渊湔浣，朝发中返，何云经年乎？”意思是，我早上出去中午就回来了，你为什么说我走了一年？

后又有《幽冥记》：“鬼言三年，人间三日。”按照这两者的看法，不仅仅是天上一天、地上一年，还有地下一年、人间一天的意思。天上、地下和人间这三者的时间流速是不一样的。最早的时间流速不同见于“庄周梦蝶”，后又有“黄粱一梦”和“南柯一梦”，都说的是人在梦中度过了很长时间，但现实生活中只有一会儿。在“烂柯人”的故事中，仙人的时间流速也不同于凡尘，烂柯人只是看了一会儿棋局，人间已过百余年。

唐诗鬼才——李贺

李贺为什么被称为“鬼才”呢？他现存的诗有220首，题材多样，主要有借古讽今、发愤抒情、神仙鬼魅、咏物等题材，最为出彩的是写神仙鬼魅的，堪称“古今第一诗人”。

纵观李贺的一生，基本不算有过仕途，就当过三年奉礼郎，是的，就三年，虽然很短，但是要知道李贺才活到27岁，三年仕途也不算短。

18岁那年，李贺知道著名诗人韩愈要来洛阳城，开一场民间征稿会，他立马投去自己最得意的一首诗。原本韩愈不想看的，却无意间瞟到了开头两句：“黑云压城城欲摧，甲光向日金鳞开。”刚一读完，韩愈就感觉自己仿佛已经置身于边关城池了，看到了两军对垒的场景，看到气势恢宏的场面，不禁一跃而起，拍手叫绝：“好诗！”

李贺的盛誉之路从此开始，不愧“鬼才”的历史称号。

以下哪位不是唐代诗人？（　　）

A. 李贺　　B. 曾巩　　C. 贺知章

刘基，字伯温，青田南田乡（今浙江文成）人，元末明初军事家、政治家、文学家。

五月十九日大雨

［明］刘　基

风驱[①]急雨洒高城，
云压轻雷殷[②]地声。
雨过不知龙去处，
一池草色万蛙鸣。

解读赏析 JIEDU SHANGXI

“明显脱胎于杜甫、李贺，但更为集中。”

这是明代诗人刘基描写大雨前后景象的七言绝句。一前一后，鲜明对比，描写自然风雨，借景抒情，抒发感悟到的人生哲理：经历暴风雨之后的风景一定格外美丽；战胜挫折之后的人生也一定非常美丽。

前两句“疾风驱使着骤雨倾倒在高城，乌云密布，雷声殷殷隆隆”，描写了夏天特有的雷阵雨前的自然景象，疾风驱使着大雨，顿时黑云压城，风急雨骤，电闪雷鸣，大雨滂沱，洋洋洒洒的大雨下得猛骤。后两句“一会儿，那兴云作雨的龙挟着雷电乌云离去，眼前出现的是池塘水溢，青草滴翠，万蛙齐鸣”，点出了夏天的雨的特点——来得快去得也快，不一会儿就雨过天晴了，只留下一片蛙鸣。

雨前雨后，诗人都在写蛙声，但收到的是一闹一静的不同效果，使得雨后恬静平和的景象，与雨前磅礴威猛的雨景形成鲜明对照。面对自然界的风雨，诗人感悟到了人生哲理：暴风雨虽然猛烈，但持续的时间不会长久，因此遇到困难时，一定要坚持，要勇敢拼搏，就有希望渡过难关。钱仲联称：“刘基这两句诗摹写风云雷电，明显脱胎于杜甫、李贺，但更为集中。”

①驱：驱使。
②殷（yīn）：震动。

为什么夏天的雨来得快去得也快

在《六月二十七日望湖楼醉书》里，苏轼写“黑云翻墨未遮山，白雨跳珠乱入船”，也写“卷地风来忽吹散，望湖楼下水如天”，都在描写夏天的雨来得快，去得也快。

为什么夏天的雨来得快去得也快？原因是强对流天气时，积雨云中的小水珠会逐渐增大自己的重量，一旦其超出了空气的悬浮能力，就开始降落。这些小雨滴原本应该降落到大地，却在降落过程中遇到了上升气流，使小雨滴重新上升，回到了云层的上部。在反复升降的过程中，雨滴不断吸收云中的水分，越变越大，当上升气流再也托不住它了，就会降落到地面，形成暴雨。而夏天，地面气温高，强对流天气非常明显，就形成大暴雨。

之所以去得快，也是因为雨水太大，很快就下完了。

几乎全才的文学家——刘基

刘基小时候天资聪颖，好学习，阅读速度极快，据说“七行俱下”。12岁考中秀才，乡间父老皆称其为“神童”。长大后，刘基精通天文、兵法、数理等，尤以诗文见长。在诗文理论方面，力主讽喻之说，提倡理、气并重，重视时代风格。

在文学史上，刘基也起到了举足轻重的作用，其经世致用的文学思想对于扫荡元季文坛纤弱之风，为明初新一代文风之振起，在理论上起了开道的作用。

他虽以诗文为重，却也不忘其爱国主义的本质。刘基带有强烈的参政意识和批判精神，以诗议政，议论的范围包括元季至正年间吏治、军政等种种社会弊端。以诗议政，客观上继承了宋人“以议论为诗”的传统，主观上是因为以往固有的经世致用的文学观念使然。

诗文是论政的工具，而词呢，是刘基抒情言志的重要手段。因此，在刘基的词作中，题材广泛，内容丰厚，艺术手法上长于兴寄，长于铺叙，且善于用典。

在诗文、词上，刘基都有不小的成就，在寓言文学上，也是如此。他的寓言文学不仅内容博大精深，还阐明了他的政治、经济、军事、哲学、伦理、道德等观点，表现出他独特的审美观和价值观。

几乎全才的刘基其知名才能不包括以下哪项？ （　　）

A. 兵法　　B. 诗文　　C. 绘画

《古诗十九首》大约是东汉后期作品，作者已佚，大多是文人模仿乐府之作。

今日良宴会

[汉]佚　名

今日良宴会，欢乐难具陈。
弹筝奋逸响，新声[①]妙入神。
令德[②]唱高言，识曲听其真[③]。
齐心同所愿，含意俱未申。
人生寄一世，奄忽若飙尘[④]。
何不策高足[⑤]，先据要路津。
无为守贫贱，坎坷长苦辛。

“不以一字一句争奇斗胜。”

此诗是《古诗十九首》之一，是汉代的一首文人五言诗。整首诗写客中对酒听歌的感慨，歌咏的是听曲感心，诗中的每一个形象、每一个词语和整首诗完美结合，形成一种感发力量：贫士失职而志不平。

全诗一共十四句，一口气说完，所说的内容是在宴会上听曲以及对曲意的理解，看似简朴、浅显，实则婉曲、深远。开头六句“今天这么好的宴会真是美极了，这种欢乐的场面简直说不完。这首筝曲的声调是多么飘逸，这是最时髦的乐曲出神入化。有美德的人通过乐曲发表高论，知音者能体会出音乐的真意”。接着又说“音乐的真意是大家的共同心愿，只是谁都不愿意真诚说出来”。最后是在听曲之后，产生了对人生的思考：“人生像寄旅一样只有一世犹如尘土，刹那间便被那疾风吹散。为什么不想办法捷足先登，先高踞要位而安享富贵荣华呢？不要因贫贱而常忧愁失意，不要因不得志而辛苦地煎熬自己。”

整首诗歌借美妙的音乐告诉人们：要勇敢地表达自己，不要拘于世俗束缚，如此的人生才是有意义、较为圆满的。

① 新声：指当时最流行的曲调。② 令德：有令德的人，就是指知音者。③ 真：谓曲中真意。④ 飙（biāo）尘：指狂风里被卷起来的尘土。⑤ 高足：良马的代称。

美妙的音律对文学创作是有帮助的吗

无论是在古代诗词，还是在现当代作家的文学创作中，音乐都有其重要地位。有些美妙的音律很是优美动听，像本诗中出现的音律，于诗人而言，其本身就是创作的源泉。还有一些音律，则为创作者提供了好的氛围环境。

著名日本作家村上春树很喜欢听着音乐写作，他表示美妙的音乐会对写作者的灵感产生促进作用。但这个方法并不适合所有人。就文学创作习惯而言，有人会选择完全安静的环境，他们可能会觉得音乐是一种杂音，会干扰到自己的写作；也有人本身就很喜欢边听音乐边写作。但不可否认的是，在特定时候，特定的音乐也会对特定的写作情景产生启发，比如写恐怖小说，听一些比较恐怖的音乐，能帮助作者写出特定的氛围。

诗词小真相
SHICI
XIAO ZHENXIANG

“无名”的《古诗十九首》

《古诗十九首》是中国古代文人五言诗的选辑，由南朝萧统从传世无名氏古诗中选录十九首编入《文选》而成。被选入的诗习惯上以句首的第一句话为标题，分别是：《行行重行行》《青青河畔草》《青青陵上柏》《今日良宴会》《西北有高楼》《涉江采芙蓉》《明月皎夜光》《冉冉孤生竹》《庭中有奇树》《迢迢牵牛星》《回车驾言迈》《东城高且长》《驱车上东门》《去者日以疏》《生年不满百》《凛凛岁云暮》《孟冬寒气至》《客从远方来》和《明月何皎皎》。

这十九首诗歌，基本上都是游子思妇之辞。具体来说，就是夫妇朋友间的离愁别绪、士人的彷徨失意和人生的无常之感，因此其所抒发的不过是人生最基本最普遍的几种情感和思绪，是“人同有之情”，这也是这些诗歌能够永久地感动人和千古常新的最主要原因。

在文化地位上，《古诗十九首》是乐府古诗文人化的显著标志，深刻地再现了在汉末社会思想大转变时期，文人以诗歌的形式抒发了人生最基本、最普遍的几种情感和思绪，而因语言朴素自然，描写生动真切，具有天然浑成的艺术风格以及处处表现了道家与儒家的哲学意境，被刘勰称为“五言之冠冕”（《文心雕龙》）。

《古诗十九首》不包括以下哪一首？（　　）

A.《青青河畔草》　　B.《凛凛岁云暮》　　C.《客从远方来》

吴师道，字正传，兰溪县城隆礼坊人。聪明善记诵，诗文清丽。

莲藕花叶图

［元］吴师道

玉雪[①]窍[②]玲珑[③]，
纷披绿映红。
生生无限意，
只在苦心[④]中。

“苦心孤诣。”

这是元朝吴师道所作的一首题画诗，是他在一幅莲藕花叶图上题写的五言绝句。接着吟咏莲藕花叶，写出了本身对生活的体验。

前两句“白润如玉如雪的莲藕，中间有精巧透明的窍孔，玲珑可爱。它的绿叶和红花铺散在水面上，互相映衬”，是在简单描述荷花这种植物的基本特征——莲藕白，中间有孔，荷叶和荷花相互映衬。诗的语言中带着几分对莲藕的喜爱之情，读来有一种美好之意。后两句“莲藕的生命一代代延续不断，显示出无限意趣和欣欣向荣的生机，它之所以能够如此，全部奥秘都在莲子的‘苦心’当中”，表面上是在说莲心苦，其中却富含着非常深的哲学意味，能够体会出更广阔的含义。

人生一世，只有刻苦努力，才能够有所创造，有所成就。

① 玉雪：这里是形容莲藕雪白玉润的颜色。② 窍：这里指莲藕中间的孔。③ 玲珑（líng lóng）：这里形容莲藕精巧空明的样子。④ 苦心：莲子中间的绿心有苦味。

莲藕为什么会有那么多孔洞

莲藕，俗称藕，属于睡莲科植物。根茎横生，肥厚，节间膨大，内有多数纵行通气孔洞，外生须状不定根。

莲藕多孔洞的原因有两个，一是植物的呼吸作用，植物生长离不开空气，由于水底淤泥中的空气很少，所以在水下长根的植物，都要采用各种办法呼吸空气，藕的节和节之间长有很多根，空气通过藕的孔洞传给根，助于空气和水汽的流通。莲藕的根系已经退化了，它的呼吸是通过由上而下的孔实现的，孔逐渐膨大便成了洞。其实，水稻和其他水生植物的茎也有孔，只不过没有膨大而已。二是莲藕有洞，减轻了重量，增加了浮力，就不至于在淤泥里越陷越深，殃及枝干和叶子。

甚聪慧也——吴师道

吴师道本身不是一个诗文作品流传很多的诗人，因此并不以诗文为后人所知。

历史上关于他的记载不多，只知他是元婺州兰溪（今属浙江金华兰溪）人，非常聪明，擅长记忆和背诵。据闻，19岁时，吴师道已能诵读宋儒真德秀遗书，从而致力于研究理学，但同时，他很快陷入一种“困境”——竭力排斥其他学说。

赖以天资聪明，吴师道后来成为一位受人颂德的官员。其为官经历始于元至治元年（1321年），先是登进士第，被授予高邮县丞，在职期间主持了兴筑漕渠通运。后被调任宁国录事，在任期间又恰好遇到一场大旱，于是想办法劝说了富户捐助购米3700石平价出售，又用官储及赃罚钱银38400余锭赈济灾民，使30万人赖以存活。

在元初年时，吴师道曾以建德县尹的身份强制豪民退出学田700亩，并且一再上言，减轻茶税。因为官清正，终被荐任国子助教，到了延祐年间，成为国子博士，六馆诸生皆以之为师。

吴师道是一个天资聪慧、潜心研究理学的布衣吗？（　）

A. 是　　B. 不是

苏舜钦，字子美，梓州铜山（今四川中江县）人，生于开封。

题花山寺壁

［宋］苏舜钦

寺里山因花得名，
繁英[①]不见草纵横[②]。
栽培剪伐须勤力[③]，
花易凋零草易生。

“生活是哲学的试验场。”

这是北宋诗人苏舜钦在游玩花山寺时写的一首七言绝句，抒发了看景的感想：大自然的花木应该得到精心的修剪和护养，但杂草应该被频繁地除去，而在政界，革新除弊也是势在必行的。

前两句“花山寺是因鲜花繁多、美丽而得名，来到这里才发现，不见鲜花，只见杂草丛生”，虽写的是同一个对象，但写出了不同的景观，一虚一实，对比鲜明：虽然生活中名不副实的事情很多，但寺名是因为寺里山中有花才得，而眼前无花可赏也太令人感到意外了。后两句“鲜花栽种的培养和修枝很重要，要勤奋努力，要知道，花是很容易凋零的，而杂草却是很容易就蔓延生长的”，则从自然界的客观规律引到了政治生活中：是“栽培剪伐”不“勤力”，助长了草势的疯狂。把诗中的“花”理解为贤臣，把“草”理解为奸佞，也就能够得出这首诗的题旨是对革新除弊的企望。

从这方面看，其实并不局限于社会政治方面，因此，这首诗不是一般的政治诗，而是对生活中某一方面的经验进行了深刻总结的具有相当哲理性质的醒世诗。

① 繁英：繁花。② 草纵横：野草丛生。③ 勤力：勤奋努力。

其实杂草也有用处

虽然苏舜钦说杂草要清除，但在现实生活中养过花的人都知道，虽然杂草有碍观赏，但对于鲜花的养植来说，还是有一些用处的。

第一，这些杂草虽然吸收了土壤的养分，夺去了植物的生长空间，但不能全部拔除，因为从这些杂草的生长情况，可以更直观地知道泥土的干湿状况和肥沃状况。

第二，杂草生长的位置能提供许多有用的信息。杂草长得比较多的、比较茂盛的地方说明通风位置比较好，接受的光照也比较充足。这时候，就可以将杂草清除，把花卉朝着这边摆放一点。

第三，拔除一两根杂草，观察它的根部，如果根部健康完好，则说明盆栽内部的生长环境比较健康，而如果杂草的根部腐烂，那么就要查看花卉的根部是不是也出现了问题。

因此，杂草看似无用，实际上还能这样废物利用呢。

苏舜钦逸事——读书佐酒

元陆友仁《研北杂志》曾记载了一个故事，说是苏舜钦，为人豪放，不受任何约束，喜欢饮酒。

据说很多次，苏舜钦在岳父杜祁公的家里时，每天黄昏读书，一边读一边饮酒，喝得多的时候，几乎要一斗那么多。他的岳父对此深感疑惑，怀疑他是个酒鬼，于是派人去偷偷观察他。

苏舜钦当时在书房读《汉书·张良传》，当读到张良与刺客行刺秦始皇时抛出的大铁锤只砸在秦始皇的随从车上时，苏舜钦就拍案叹息："真可惜呀！没有打中。"接着就满满喝了一大杯酒。接着再读，读到张良"自从我在下邳起义后，与皇上在陈留相遇，这是天意让我遇见陛下呀"，又拍案叹道："君臣相遇，如此艰难！"随即又喝下一大杯酒……被派去观察的人就这样一直听了很久，然后回去复命，将所见所闻一一复述。

杜祁公听监视女婿的人说完，了解到缘由，立即大笑说："有这样的下酒物，一斗也不算多啊！"于是放心地把女儿嫁了过去。

关于花山寺以下描述有误的一项是？（　　）

A. 因寺中有花而得名　B. 诗人所见遍地都是花　C. 苏舜钦曾到过这

谢灵运，原名公义，字灵运，南北朝时期杰出的诗人、文学家、旅行家、道家。

石壁精舍还湖中作

［南北朝］谢灵运

昏旦[①]变气候，山水含清晖[②]。
清晖能娱人，游子憺[③]忘归。
出谷日尚早，入舟阳已微。
林壑敛暝色[④]，云霞收夕霏。
芰[⑤]荷迭映蔚，蒲稗[⑥]相因依。
披拂趋南径，愉悦偃[⑦]东扉。
虑澹物自轻，意惬理无违。
寄言摄生客[⑧]，试用此道推。

解读赏析

JIEDU SHANGXI

“情必极貌以写物，辞必穷力而追新。”

此诗是南北朝宋时诗人谢灵运创作的一首五言古诗，虽长，却条理分明。

前六句写游览石壁的乐趣：山水的轻灵让人愉悦，使其在山水之中游历而忘记回去……诗人一天游玩石壁的观感，从大处、虚处勾勒山光水色之秀美，看似平常，却含蓄隽永。

次六句写归来时见到的晚景：四周的树林和山壑中聚积着傍晚的景色，天上的晚霞凝聚在夜晚的天空中飘动。菱叶和荷花在蔚蓝的河水中交相呼应，蒲和小麦在一处相依生长着。持着拂尘在南边的小路上走动，很开心地欣赏东面的门窗。从林峦沟壑写到天边云霞，从满湖的芰荷写到船边的蒲稗，描绘出一幅天光湖色辉映的湖上晚归图，进一步渲染清晖娱人、游子憺然的意兴，炼字极工。

后四句写在游览中得到的理趣：忧虑的东西少了自然觉得没有烦心事，心情畅快就会觉得很顺心。这个方法适宜推荐给大家。

本诗熔情、景、理于一炉，是谢灵运山水诗中的名篇。刘勰在《文心雕龙·明诗篇》中评：“宋初文咏，体有因革，老、庄告退，而山水方滋。俪采百字之偶，争价一句之奇；情必极貌以写物，辞必穷力而追新。”

① 昏旦：傍晚和清晨。② 清晖：指山光水色。③ 憺（dàn）：安闲舒适。④ 暝色：暮色。⑤ 芰（jì）：菱。⑥ 蒲稗（bài）：菖蒲和稗草。⑦ 偃（yǎn）：仰卧。⑧ 摄生客：探求养生之道的人。

古代名人的摄生之道

谢灵运在《石壁精舍还湖中作》中指出了养生的一个基本定律：养生应先养心。此外，还有一些古代名人对于养生有不同观点。

孔子提出“德润身”“大德必得其寿”“仁者寿”“修以道，修道以仁”等观点，认为养生主要在于“德”。老子主张“少私念，去贪心”，认为“祸莫大于不知足，咎莫大于欲得”。孟子提出“爱生而不苟生”的积极养生观，把仁义看得高于生命，认为必要时应该“舍生取义”，他认为良好的修养与练气功一样，有益于人体健康，每一个人都应“善养浩然之气”。汉代董促舒则提出“养心靠义”，高尚的道德、情操可使人心情常保愉悦，心理健康常存。清代养生家石天基认为：“善养生者，当以德行为主，而以调养为佐。”提出了常存安静心、常存正觉心、常存欢喜心、常存善良心、常存和悦心、常存安乐心等，作为养生养德要诀。

山水诗歌的开创者——谢灵运

谢灵运是历史上一晃而过的流星，他留下了许多优秀的文学作品，开创了中国的山水派诗歌，成为令人崇拜的一个传奇。

中国的诗歌分很多流派，谢灵运代表的便是山水派诗歌，在山水派诗歌中，读者能够欣赏到祖国的大好河山，还能感受到诗人藏于其中的清丽和美好。

中国山水派诗歌的开创者谢灵运出生于南北朝时期，但南北朝在历史上是一个相对混乱的时期，不过当时的风气非常开放，在如此极端的两种状态相互交织的时代之中，谢灵运应运而生。

读谢灵运的诗，时常会产生一种错觉，认为他是一个非常朴素，并且过着悠闲生活的人。但在现实生活中，谢灵运非常向往华丽的生活作风，不管是他坐的马车，还是穿的衣服，甚至他的生活习惯都可以用“华丽”二字形容，但这完全不影响他写出的文学作品的清新脱俗。

因为有着非常高的文学天赋，谢灵运顺利地进入了官场，但在自己原本效忠的政权独立之后，他遭到很多人的排斥和诋毁。谢灵运心思单纯，只想单纯过自己的人生，毫不在意外界的诋毁，但最终因为得罪同僚和贵胄过多，被宋文帝以“叛逆”罪名杀害。

谢灵运这一生放荡不羁，原本应该像陶渊明，却因为有入仕的心才导致了最后的悲剧。

关于谢灵运以下描述有误的一项是？（　　）

A. 南北朝时期诗人　　B. 山水诗派开创者　　C. 仕途顺利

本诗出自中国古代第一部诗歌总集《诗经》。

衡　门[①]

［先秦］佚　名

衡门之下，可以栖迟。
泌[②]之洋洋，可以乐[③]饥。
岂其食鱼，必河之鲂[④]？
岂其取妻，必齐之姜？
岂其食鱼，必河之鲤？
岂其取妻，必宋之子？

解读赏析 JIEDU SHANGXI

“泌水虽不可饱，然亦可以玩乐而忘饥也。”

这首诗是中国古代第一部诗歌总集《诗经》中的一首。全诗一共三章，每章四句，在章法上较为独特，先是叙事，再由叙事引发议论。与众不同的是，“兴”没有放在诗首，而是放在议论之前，且与所兴之事又共同构成旨意相同的议论，使议论充满形象感而未流于枯燥，加深了诗意。

全诗的大意为：“横木做门简陋屋，可以栖身可以住。泌水清清长流淌，清水也可充饥肠。难道我们要吃鱼，黄河鲂鱼才算香？难道我们要娶妻，非娶齐国姜姑娘？难道我们要吃鱼，黄河鲤鱼才可尝？难道我们要娶妻，非娶宋国子姑娘？”

历史上对这首诗的解读有两种截然不同的意见，一种认为是爱情诗，一种认为是隐者安贫乐道诗，虽然在那片土地上产生富有哲理的情歌不足为奇，但笔者更偏向后者。这种看法，表明了那些穷苦百姓和清贫书生，虽然不能改变自己的命运，但选择苦守清贫、安守本分，过着平平淡淡的日子也挺好的思想。宋代朱熹《诗集传》称：“此隐居自乐而无求者之词。言衡门虽浅陋，然亦可以游息；泌水虽不可饱，然亦可以玩乐而忘饥也。”

①衡门：横木做成的门，指简陋的居所。②泌：泉水。③乐：疗救。④鲂（fáng）：鱼名。

中国古代读书人的风骨——安贫乐道

“安贫乐道”的这种风骨从何而来？

“安贫乐道”最早源于孔安国评价孔子的弟子颜回。据说，孔子有弟子三千，最优秀的有七十二人，颜回是孔子最为得意的门生，他常常以颜回为榜样来教育其他弟子。颜回家境贫困，住在荒僻的巷道里，生活简陋，盛饭用的是竹子做的箪，舀水用的是木头做的瓢。这样的苦难生活，换成别人恐难以忍受，但颜回处之泰然，十分满足而快乐。孔子十分赞赏这种高贵的品德，作为孔子的后人孔安国也夸赞颜回：“安于贫而乐于道。”意为，即使生活在贫困之中，他仍然能够以一种乐观的态度去追求真理。

诗词小真相
SHICI XIAO ZHENXIANG

不学《诗》，无以言

《衡门》选自《诗经》中的“陈风”。众所周知，《诗经》是我国第一部诗歌总集，共收入自西周初期（公元前11世纪）至春秋中叶（公元前6世纪）约五百年间的诗歌305篇（《小雅》中另有六篇“笙诗”，有目无辞，不计在内），最初称《诗》，汉代儒者奉为经典，乃称《诗经》。

这些诗篇，就其性质而言，是歌曲的歌词。《诗经》在古代与音乐和舞蹈关系密切，是毋庸置疑的。《风》《雅》《颂》三部分的划分，就是依据音乐的不同，《风》是带有地方色彩的歌谣，《雅》是周王朝直接统治地区的正声雅乐，《颂》是王室宗庙祭祀所用舞曲乐歌。

《诗经》的作者成分很复杂，产生的地域也很广。除了周王朝乐官制作的乐歌，公卿、列士进献的乐歌，还有许多原来流传于民间的歌谣。

《诗经》中的乐歌，主要用途有很多，一是作为各种大典礼仪的一部分，二是为了娱乐，三是表达对于社会和政治问题的看法。发展到后来，《诗经》就成了贵族教育中普遍使用的文化教材，学习《诗经》也成了贵族人士必需的文化素养。

关于《诗经》以下描述有误的一项是？（　　）

A. 分为《风》《雅》《颂》三部分　　B. 是我国第一部诗歌总集　　C. 共三百篇

陆游，字务观，号放翁，越州山阴（今浙江绍兴）人，南宋著名诗人。

文　章

［宋］陆　游

文章本天成，妙手偶得之。
粹然无疵瑕，岂复须人为？
君看古彝器[①]，巧拙两无施。
汉最近先秦，固已殊淳漓[②]。
胡部何为者，豪竹杂哀丝。
后夔[③]不复作，千载谁与期？

解读赏析 JIEDU SHANGXI

“平昔锻炼之功，可于言外想见。”

此诗是宋朝诗人陆游写的一首关于写文章的诗，讲的是“文章天成”的道理。

全诗的大意是：文章本是不加人工、天然而成的，是技艺高超的人在偶然间所得到的。纯白没有瑕疵，并不需要人力去刻意追求。你看古代的彝器（青铜祭器），精巧、笨拙都不能改变。汉代离先秦最近，但文章的深厚、浅薄已有了很大差异。胡人的音乐是怎样的？就是一些管弦与丝竹。后夔（传说是舜的乐官）不再写音乐了，千年以来，谁又能跟他相比拟呢？

为了说明这个道理，作者在提出问题以后，举了正反两方面的例证，最后发出不能复见后夔的感慨。但其实作者所说的“天成”，并不是大自然的恩赐，而是基于长期积累起来的感性印象和深入的思考，由于偶然出发而捕捉到的灵感。只要能做到“纯粹无瑕疵”和“巧拙两无施”，便是好文章。清人刘熙载说：“西江名家好处，在锻炼而归于自然。放翁本学西江者，其云：‘文章本天成，妙手偶得之。’平昔锻炼之功，可于言外想见。”

①彝器：也称“尊彝”，古代青铜器中礼器的通称。②淳：质朴敦厚。漓：浅薄。言外是说，汉代较薄，先秦淳厚。
③后夔：人名，相传为舜的乐官。

论读书

宋朝诗人陆游，写过很多关于读书的文章，是因为他一生都很爱读书，几乎终日与书相伴，他曾评价自己："饮食起居，疾病呻吟，悲忧愤叹，未尝不与书俱。"可见其读书之多。陆游读书其实也有很多方面和今人相似。例如，陆游读书有时是为了研究某一个主题而读书。有一次他为了研究杜甫，就选择了很多本书，专心致志地进行攻读，而后在《老学庵笔记》中，写下了有关研究杜甫的独到见解。

此外，为了用而读书。陆游年轻时，志在金戈铁马，抗击外敌入侵，报效祖国，为了实现自己的愿望，他一边练武一边读《孙子兵法》，还专门写了一首名为《夜读兵法》的诗。再者，系统地读书。陆游住的地方都是书，但多而不乱，他会把书分门别类地摆好，有系统地读，他首先攻读了许多古人的诗，再"昼读夜思"不止地读完了"从世遗文"至"先秦古文"，后来又读完了《六经》《左传》《离骚》等历代重要著作，最后才有选择性地博采众长。

最能博采众长的陆游

在陆游的诗歌中，我们不难发现他很会博采众长，借鉴很多榜样的情感和艺术风格，但他并不是单纯地模仿古人。

陆游说过一句"工夫在诗外"，又在《题庐陵萧彦毓秀才诗卷后》中提到："法不孤生自古同，痴人乃欲镂虚空。君诗妙处吾能识，正在山程水驿中。"意思是说，诗的妙处可能并不在闭门造车、模拟古人中求得所谓的诗外工夫，而必须来自丰富的生活经历和对现实世界的深切感受。

陆游是一位创作特别丰富的诗人，集中存诗共9300余首，他虽然善于学习前人的风格、技巧，化用前人的诗意、典故、词汇、句法，但这只是他用来表现自己的情感和体验的工具，而不是自我禁锢的圈牢，正是因为能广泛吸收前人之长，又能灵活运用满足自身需要，从而呈现多样化的风格和面貌。正如陆游在"文章最忌百家衣，火龙黼黻世不知。谁能养气塞天地，吐出自足成虹霓"中所写，生活经历和内在涵养是其写诗最根本的依据。

以下哪首诗歌不是陆游的作品？ （　　）

A.《卜算子·咏雪》　　B.《示儿》　　C.《钗头凤·红酥手》

顾太清，西林觉罗氏，字子春，号太清。清代女词人，鄂尔泰曾孙女。

鹊桥仙·云林嘱题闰七夕联吟图

［清］顾太清

新秋逢闰，鹊桥重驾，两度人间乞巧。
栏干斜转玉绳①低，问乞得、天机多少？
闺中女伴②、天边佳会，多事纷纷祈祷。
神仙之说本虚无，便是有、也应年老。

“美是愿景，但难如愿。”

此诗是清代女词人顾太清的一首题画词，画为云林所绘《闰七夕联吟图》的仕女图。这幅仕女图，注重表现的是女性美，自然也包括由外在的女性美所能表现出来的内心美。

这幅画的主题是七夕联吟。词人从两个“佳期”写起，一是从七夕写起，七月七日是牛郎织女相会的佳期，银河的鹊桥已经架起来了；二是作画的时间恰逢闰七月，鹊桥再一次“重架”，因而人间有了两次乞巧活动，女子们希望乞到终身幸福的机会也有两次。

只是，明明有这么多的天机，可是世间的女子们未必都是幸福的，因为人世间总是“纷纷扰扰”的，斗转星移之间，神话故事依旧是“虚无”的，牛郎织女“也应该老了”，可是在现实生活中，美丽的愿望常常难以如愿。

对于男女婚姻爱情幸福的追求，词人寄予同情，但又点出了现实生活中的疑惑，启人思考，深化词的思想主题。

① 玉绳：星名，常泛指群星。② 闺中女伴：指画中联吟赋诗的仕女们。

七夕，乞巧，传说

七夕节“牛郎织女”的传说来源于人们对自然天象的崇拜，经过历史的发展，演变而来，被赋予了爱情相关的浪漫内涵，成为中国最具浪漫色彩的传统节日。

七夕节之所以被称为“乞巧节”，起源于汉代。东晋葛洪《西京杂记》中“汉彩女常以七月七日穿七孔针于开襟楼，人俱习之”的相关记载，七夕节被赋予民间女性向织女星乞巧智慧、祈祷姻缘等丰富的人文内涵，形成了七夕乞巧习俗，故亦称为“乞巧”。

传说，在每年七夕节的夜晚，天上的织女和牛郎会在鹊桥相会，而人间的女孩在这一天晚上会对着天空的朗朗明月，摆上时令瓜果，朝天祭拜，乞求天上的织女能赋予她们聪慧的心灵和灵巧的双手，让针织女红技法娴熟，同时乞求圆满的姻缘巧配。

名人万花筒
MINGREN WANHUATONG

清代第一女词人——顾太清

有一句俗语：“男中成容若，女中太清春。”能够与纳兰容若齐名的女子，究竟是一位怎么样的才女呢？

顾太清，原姓西林觉罗氏，满洲镶蓝旗人，祖父是清代有名的大学士鄂尔泰的侄子、甘肃巡抚鄂昌。生活在这样的家庭氛围中，顾太清比当时的女子受到更系统的文学教育，不为科举，只为文学素养。

后来，其祖父鄂昌因受文字狱牵连被害，家道中落。这一场冤案，影响深远，顾太清顶着“罪臣之女”的身份生活着，但幸好邂逅了一生的挚爱——奕绘贝勒。奕绘贝勒是一个颇有名气的宗室诗人，才貌双全，善诗词，工书画，以最风光的方式把顾太清娶进家门。

婚后，顾太清得到了奕绘贝勒的万般宠爱，生有四子三女。婚姻的幸福给了顾太清无限的创作灵感，她写了很多名留后世的诗词，比如巨著《子春集》，包括诗集《天游阁集》和词集《东海渔歌》两部分，共约千首诗词。

可惜，幸福的生活很短暂，奕绘贝勒四十岁就逝世了。丈夫的离去，是悲剧的开始，顾太清被赶出家门，悲愤之余也曾想过随爱人而去，但看着幼小的儿子，心中不忍，只能忍辱偷生。清苦的生活没有磨灭顾太清对诗词的热爱，她苦中作乐，继续进行文学创作，而后终不负期望，有所成就。

酸甜苦辣，顾太清的一生都经历过了，回馈她的自然也是人生的悲欢离合。

以下哪部诗词集不是顾太清的作品？（　　）

A.《上春集》　B.《天游阁集》　C.《东海渔歌》

本章知识小问答答案

第 037 页　正确答案：B. 裴旻的剑舞

第 039 页　正确答案：A.《题西林壁》

第 041 页　正确答案：C. 代表作《大学》

第 043 页　正确答案：B.《明月》

第 045 页　正确答案：C. 禅让制

第 047 页　正确答案：B. 擅长写山水诗

第 049 页　正确答案：C. 南宋文学家

第 051 页　正确答案：B. 曾巩

第 053 页　正确答案：C. 绘画

第 055 页　正确答案：A.《青青河畔草》

第 057 页　正确答案：B. 不是

第 059 页　正确答案：B. 诗人所见遍地都是花

第 061 页　正确答案：C. 仕途顺利

第 063 页　正确答案：C. 共三百篇

第 065 页　正确答案：A.《卜算子 · 咏雪》

第 067 页　正确答案：A.《上春集》

惜时篇

『三春花事好，为学须及早。』『读书不觉已春深，一寸光阴一寸金。』时间转瞬即逝，难免几多感慨。然而感慨归感慨，珍惜时间，让生命活出精彩，却是古代诗人们的共识。以下惜时诗，是不同诗人从不同角度、不同感受写就的惜时表达。

朱敦儒，字希真，洛阳人。历任兵部郎中、临安府通判、秘书郎、都官员外郎等职。

西江月[①] · 世事短如

［宋］朱敦儒

世事短如春梦，人情薄似秋云。
不须计较[②]苦劳心，万事原来有命。
幸遇三杯酒好，况逢一朵花新。
片时欢笑且[③]相亲[④]，明日阴晴未定。

解读赏析 JIEDU SHANGXI

“宋词中并不多见。”

上下阕都是议论的词，在宋词中并不多见，朱敦儒的这首《西江月》应属晚年作品，从慨叹人生短暂入笔，表现了词人暮年对世情的一种“彻悟”。

是怎样的人生经历，才会发出“世事短如春梦，人情薄似秋云”的感慨呢？此两句对仗工整，集中、形象地表达了作者对人生的认识，更饱含了人生的辛酸。诗人并没有罗列“短如春梦”“薄似秋云”的故事，笔锋一转，把世事人情的种种变化与表现归结为“命”（命运）的力量。“原来”二字，透露出一种无力抗争的宿命，又隐含几分激愤。“不须计较苦劳心”，让作品呈现别样的风情：纵然曾经苦苦追寻，到了暮年一切都能释然了。此二句将诗人顿悟后的解脱心情表现得一览无余。

词的下阕是诗人解脱后的写照，原来是苦闷、彷徨的，现在转而及时行乐，沉迷于美酒鲜花之中。“幸遇三杯酒好，况逢一朵花新”，“幸遇”“况逢”带来一种亲切感，“酒好”“花新”则是愉悦之情的写照，更是诗人珍惜眼下时光，对新生活热爱的一种表现。最后一句流露出一种闲旷的风致，明天我们无法把握，不如好好珍惜此刻的“片时欢笑”。

① 西江月：原为唐教坊曲，后用作词调。② 计较：算计。③ 且：姑且，聊且。④ 相亲：互相亲爱。

时间到底存在不存在

人们常说“一寸光阴一寸金，寸金难买寸光阴”。时间这个概念究竟是一个怎样的存在？爱因斯坦相对论指出，时间是没有过去、现在、未来的，时间是一个四维结构。在物理学里，时间是对称性的，不存在向前或向后消逝。把“时间”两个字拆开，“时”和“间”，“时”是对物体运动的描述，“间”是人类主动的划分，划分出了时间间隔，先有了时间感，再有了时间长短感知，当感知演变成感性思维后，我们所认可的时间就出现了。

宋朝人的宗教思想

“万事原来有命”一句，含有宗教思想，反映出宋朝人此时的宗教思想是偏向佛教的。就整个宋朝而言，他们经历了由儒而道，由道而佛的演变历史。更多的时候是多种宗教意识共同存在。朱敦儒相信天命，并非消极避世，而是顿悟后更加珍惜时光，对今天的我们有很好的教育启发。

秦桧与朱敦儒

历史上的朱敦儒不仅是一位诗人，更是一位经世之才。他早年清高孤傲，极其藐视权贵。曾被多次举荐官职，都被他拒绝。直到公元1132年，宋高宗下诏，封他为右邮功郎，并命肇庆府督促他赴临安任职。皇命难违，他这才去做官，却因为主战被弹劾。

其实至此朱敦儒本可以继续孤傲地过完晚年，可是偏偏遇到了秦桧，才让他后来积累了大半生的名声大大受损。当时的秦桧为了达到拉拢文贵的目的，就让自己的儿子结交朱敦儒的儿子，并借机给他一个小官当。朱敦儒为了自己儿子的前程，也就被秦桧成功拉拢，并担任鸿胪寺少卿，这实在是一个闲官，没啥实权。当然秦桧想拉拢朱敦儒也不是真的要给他高官，而是想拉拢更多的文人，以更好地巩固自己的政治地位。朱敦儒在当时文人中，名气最大，所以才会成为秦桧拉拢的首要人物。秦桧死后，周被罢职，就有人说他依附权贵。在《西江月·世事短如》中，朱敦儒以暮年眼光总结自己的一生，“不须计较苦劳心，万事原来有命”。在诗句中我们仿佛可以看见，他被秦桧拉拢后，残酷的现实与高傲的理想间的差距，让他的心十分“苦劳”。

“幸遇三杯酒好”中的“三杯”是什么意思？ （ ）

A. 宋代一种酒的名称　B. 泛指多杯　C. 三个人的杯子

曹操，字孟德，小字阿瞒，沛国谯（今安徽亳州）人。

龟虽寿

［东汉］曹　操

神龟虽寿，犹有竟①时；
腾蛇②乘雾，终为土灰。
老骥③伏枥④，志在千里；
烈士暮年，壮心不已。
盈缩之期，不但在天；
养怡之福，可得永年。
幸甚至哉，歌以咏志。

“名言激昂，千秋使人慷慨。”

此诗是曹操创作的一首四言乐府诗，是组诗《步出夏门行》的第四篇。全诗构思新巧，语言清峻刚健，融哲理、激情和艺术于一诗，实现了述理、明志、抒情的完美结合。

前四句“神龟虽然十分长寿，但生命终究会有结束的一天；腾蛇尽管能腾云乘雾飞行，但终究会死亡化为土灰”，从朴素的唯物论和辩证法的观点出发，否定了神龟、腾蛇一类神物的长生不老，说明生死存亡是不可违背的自然规律。次四句“年老的千里马虽然伏在马槽旁，雄心壮志仍是驰骋千里；壮志凌云的人士即便到了晚年，奋发思进的心也永不止息”，以切身体验揭示了人的精神因素对健康的重要意义，蕴藏着一股自强不息的豪迈气概，深刻地表达了曹操老当益壮、锐意进取的精神面貌，笔力遒劲，韵律沉雄。后四句“人寿命长短，不只是由上天决定；调养好身心，就定可以益寿延年”，则表现出一种深沉委婉的风情，亲切、温馨，却又展现了诗人自强不息的进取精神和热爱生活的乐观精神。

曹操把自己比作一匹上了年纪的千里马，虽形老体衰，但胸中仍然激荡着驰骋千里的豪情壮志，表现了老当益壮、积极进取的人生态度，展现了一种真挚而浓烈的力量。清代诗人兼诗论家陈祚明在《采菽堂古诗选》中说：“名言激昂，千秋使人慷慨。”

①竟：终结，这里指死亡。②腾蛇：传说中龙的一种，能乘云雾升天。③骥：良马，千里马。④枥：马槽。

马的寿命到底有多长

绝大多数的马，寿命都在20至35岁，但由于马的品种不同，健康程度也有差异，人工饲养的条件不同，所以马的寿命差异很大。

世界上最长寿的马活了多少岁？据资料记载，寿命最长的马是1760年出生的“老比利”，活到62岁，据说是克利夫兰血统和东方血统马的杂交种。

三国著名赛驹“赤兔”是“百岁老人”。我国四大名著之一《三国演义》中涌现出很多的良将佳驷，最出名的莫过于“赤兔”。公元190年，董卓赠赤兔马给吕布时，这匹马已三四岁了，建安二十四年，赤兔马绝食而死，它一共活了33岁，差不多是人类的117岁。这还不是自然死亡，否则它可以活得更久。

老骥伏枥，志在千里——曹操的文学成就

作为一个政治家，曹操在文学、书法、音乐等方面都有深湛的修养。他的文学成就主要表现在诗歌上。曹操的诗歌今存20多篇，全部是乐府诗体。内容大体上可分三类：一类是关涉时事的，一类是以表述理想为主的，一类是游仙诗。

在艺术风格上，曹操的诗歌朴实无华、不尚藻饰，主要以感情深挚、气韵沉雄取胜。在诗歌情调上，主要特色是慷慨、悲凉，这虽是建安文学的共同基调，但在曹操的诗中表现得最为典型、最为突出。

在诗歌体裁上，曹操的乐府诗不照搬汉乐府的成规，而是有所发展，运用旧题抒写了全新的内容。同时，他开创了以乐府写时事的传统，影响深远。

在建安文学起的建设性作用上，曹操也有着不可替代的作用。事实上，建安时期的主要作家，无一不同他有着密切的关系。曹丕、曹植是他的儿子，“七子”及蔡琰等，都托庇于他的荫护。

世界上最长寿的马活了多少岁？（　　）

A.54　　B.62　　C.42

晏殊，字同叔，北宋临川文港沙河人，著名词人、诗人、散文家。

浣溪沙

［宋］晏 殊

一曲新词[①]酒一杯，
去年天气旧[②]亭台。
夕阳西下几时回？
无可奈何花落去，
似曾相识燕归来。
小园香径[③]独徘徊。

"天然奇偶。"

此词是宋代词人晏殊历来为人称道的代表作。表面上是伤春惜时，实际上却在感慨伤怀，包含对宇宙、人生的深思，给人以哲理性的启迪和美的艺术享受。

起句"填曲新词品尝一杯美酒，时令气候亭台池榭依旧"，写的是对酒听歌的现状，不难看出词人怀着一种轻松喜悦的感情，看似醉心于宴饮涵咏之乐。可是，去年真的是如此吗？如今年一样的暮春天气，如今年一样的亭台楼阁、情歌美酒吗？并不是，时间明明已经过去了，很多东西已经发生了变化，于是词人发出一句感慨："西下的夕阳几时才能回转？"

下篇仍用融情于景的笔法，"无可奈何中百花再残落，似曾相识的春燕又归来"揭示了花的凋落、春的消逝、时光的流逝，都是不可抗拒的自然规律，虽然惋惜留恋但也无济于事，同时说明：一切必然要消逝的美好事物都无法阻止其消逝，但消逝的同时仍然有美好事物的再现，生活不会因消逝而变得一片虚无。这般思绪，令词人"独自在花香小径里徘徊"，内心久久难以平静。

此词之所以脍炙人口，广为传诵，其根本原因在于情中有思，从司空见惯的现象入手，启迪着更高层次的思索，表达却又含蓄至极。杨慎点评："'无可奈何'二语工丽，天然奇偶。"

①新词：刚填好的词，意指新歌。②旧：旧时。③香径：带着幽香的园中小径。

夕阳究竟几点落下

夕阳，是指傍晚的太阳，也指山的西面，由于接近黄昏，夕阳通常为橙红色。

夕阳究竟在几点落下呢？一般是在17时至19时，又叫酉时，具体时间，在不同的季节不一样，夏天一般是下午5点到6点左右，冬天一般是下午4点左右。而黄昏呢，是指日落以后到天还没有完全变黑的这段时间，具体是指夏天的18点到19点，冬天的17点到18点。

夕阳落下的时间，同一天各个地方都不一样，东部地区和西部地区要差好几个小时，即使在同一个地方，不同的季节太阳落山的时间也不一样，尤其是北方，冬季和夏季也要差几个小时。

宋词真正的发端之人——晏殊

在冯煦《蒿庵词话》中，晏殊被称为“北宋倚声家初祖”，也就是说，宋词真正的发端是从晏殊开始的。晏殊的《珠玉词》更是宋人流传后世的第一部词集。

晏殊对宋朝词坛的贡献，不仅因为他超然的政治地位，更因为他的才情。晏殊的词，透露着他对生活的美好向往，闲情中透着典雅，婉约中透着阔达，这也跟他的性格有很大关系，他少时入宫，之后为官多年，看清官场险恶，因此对官场权位淡然随心。在他眼中，浮华名利不过是过眼云烟，不过他喜欢热闹，也喜欢安静，是生活中淡然的安静。

他常用的写作手法之一是把人生哲理蕴藏在风景的描写之中。常见的景象，在晏殊的眼中，自然界的一草一木，在他笔下都有了生命般充满生机，又富有感情，并且能悟出许多生活的哲理。

一生无愧于心，一生无悔于世，晏殊给世人留下的，是许多清丽淡雅又充满人生哲理的词作，是他豁达的心境，是他真挚的情感。就这样，他开创了北宋的婉约派词风，让人们在冰冷的现实生活中得到一些安慰和精神寄托。

从季节、时间的角度看，这首词写的是作者什么时候的生活和心情？（　　）

A. 春天黄昏　　B. 夏天下午　　C. 春天早上

钱福，字与谦，自号鹤滩，明代状元，吴越国太祖武肃王钱镠之后。

［明］钱　福

明日复明日，明日何其多。
我生待明日，万事成蹉跎[1]。
世人若被明日累[2]，春去秋来老将至。
朝看水东流，暮看日西坠。
百年明日能几何？请君听我明日歌。

“钱鹤滩先生有《明日歌》最妙。”

此诗是明代诗人钱福所创作的一首诗歌，他以自己为例，意在劝告迷失的世人要珍惜活在当下的每一天，不要蹉跎光阴。

全诗的大意为：总是在等待明天，明日是何等多啊！我每天都在等待着明日到来，结果什么事情都没有做成，白白浪费了时间。世人如果和我一样都受到“明天”的害处，日子一天天过去，很快就会发现自己已经老了。只有活在当下，才能体会到早晨看河水向东流逝、傍晚看太阳向西坠落的快乐。一百年的明天，又能有多少呢？请您听听我的《明日歌》，不要再浪费今天的光阴了。

这首诗能够广为世人传诵，经久不衰，不仅在于语言明白如话，内容充实，通俗易懂，更在于其中的道理：今天才是最宝贵的，只有紧紧抓住今天，才能有充实的明天，才能有所作为，有所成就。否则，“明日复明日”，到头来只会落得个“万事成蹉跎”，一事无成，悔恨莫及。发人深省，具有很强的说服力。钱泳称：“后生家每临事，辄曰：‘吾不会做。’此大谬也。凡事做则会，不做则安能会耶？又，做一事，辄曰：‘且待明日。’此亦大谬也。凡事做则会，若一味因循，大误终身。故曰，钱鹤滩先生有《明日歌》最妙。”

①蹉跎（cuō tuó）：光阴虚度。②累（lěi）：带累，使受害。

虚度光阴的六大根源

其实不单是古人，在现在的日常生活中，我们也会遇到这样的问题：经常会发现自己手头上有没有完成的作业，或者比预计花更多的时间完成一件事情。渐渐地，学习或者工作效率下降了，明明预留了充裕的时间，却还是来不及。时间都去哪里了？

第一，帕金森定律：完成一项任务可用的时间越多，完成这项任务就会花去越来越多的时间。

第二，墨菲定律：低估了某一项工作需要的时间，从而导致时间不够。

第三，伊利赫定律：连续工作一段时间后，效率就会下降，越来越难以集中精力。

第四，卡尔森定律：一旦工作被打断，效率自然就会降低。

第五，费雷赛定律：把自己不喜欢的事情摆在次要的位置，然后无限期拖延。

第六，帕雷托定律：重要事项所花的时间只占到所有时间的五分之一，而其他的次要事项却占了五分之四。

未中“三元”的状元——钱福

钱鹤滩是钱福的自号。他是明代状元，诗文以敏捷见长，有名一时，其诗作《明日歌》流传甚广。

有一个小故事，可以说明钱福的聪慧与敏捷。有一年会试，在前几天，李东阳对钱福说：“有个题目麻烦你做一下。”钱福答应了，片刻就写完了，李东阳对此大加称赞。等到会试了，钱福发现第二场的题目是李东阳前几天让他帮忙做过的。会试结束了，李东阳兴冲冲地赶来，兴奋地说：“这篇文章事先做过，想必高兄考试的时候完全不会费力。”

钱福摇摇头，说：“我进了考场之后，把原先做过的文章都忘记了。”李东阳听了很不高兴，也不大相信，于是就去要来钱福的卷子看，发现钱福写的文章确实是重新构思的，而且比之前的还要好。

事后，李东阳私下里对别人说：“可惜钱福没中解元。”当时那个人不懂其中的意思，后来等到钱福连登会元、状元时，才明白李东阳是因为钱福未能连中“三元”而感到可惜。

《明日歌》针对后生遇事则退缩及拖拉的现象，提出了什么观点？（　　）

A. 珍惜时间　　B. 关爱生命　　C. 关注自我

苏轼，字子瞻，号“东坡居士”，世称“苏东坡”。

春 宵

［宋］苏 轼

春宵一刻值千金，
花有清香月有阴。
歌管[1]楼台声细细，
秋千院落夜沉沉。

“千古传诵，耐人寻味。”

此诗是宋代大文学家苏轼的诗作，立意深沉含蓄，耐人寻味，其中“春宵一刻值千金”更是千古传诵的名句。

此诗前两句“春天的夜晚因短暂而更加珍贵。花儿散发着丝丝缕缕的清香，月光在花下投射出朦胧的阴影”，写的是清幽宜人的春夜美景，是美好又珍贵的光阴，告诉人们应该珍惜美好的光阴。后两句“楼台深处，富贵人家还在轻歌曼舞，那轻轻的歌声和管乐声还不时地弥散于醉人的夜色中。夜已经很深了，挂着秋千的庭院已是一片寂静”，描写的是官宦贵族阶层的人们在抓紧一切时间戏耍、玩乐、享受的情景。

全诗在冷静自然的描写中，含蓄地表达了他对那些醉生梦死、贪图享乐、不珍惜光阴的人的深深谴责。诗句华美，耐人寻味，而首句“春宵一刻值千金”更是被后人用来形容良辰美景的宝贵和短暂，千古传诵。

①歌管：歌声和管乐声。

“春宵一刻值千金”中的“一刻”是多久

在当下，一个昼夜分为24个小时，而在古时候则分为十二个时辰。在很久之前，当西方机械的钟表传入中国时，古人把中国和西方的时点分别称为“大时”和“小时”，随着钟表的普及，人们逐渐把“大时”忘记了，沿用“小时”至今。

在古代，时间以“子丑寅卯”作为标准，同时分别对应“鼠牛虎兔”等动物，方便记忆，这是对于整点时分的名称，那么在“春宵一刻值千金”中出现的“一刻”是如何跟现在的时间换算的呢？

一刻，按照现在的计时方法是15分钟，但在古代并没有分钟的概念。古代用的是日晷，漏刻计时。通常，一昼夜就是一百刻，按照我们现在24小时的总分钟数（24乘以60再除以100）计算，古代的一刻是14.4分钟，和现在的15分钟基本上没有什么差别。

惊艳古今的有趣灵魂——苏轼

苏东坡是一个有趣的人，这是毋庸置疑的，无论是做官做事，还是吟诗作文，他都表现出一种难能可贵的有趣，让我们感受到“心灵的快乐”。

他是一个拥有生活之趣的人，他研究出“慢著火，少著水，火候足时它自美”的秘制东坡肉（东坡肘子）；他学“一日小沸鱼吐沫，二日眩转清光活，三日开瓮香满城”的酿酒；他像个老顽童似的与挚友佛印坐禅神侃；他像个调皮鬼似的与苏小妹嬉笑嗔骂和谐相处……

他是一个拥有生命之趣的人。感慨时光匆匆，白云苍狗，他写下“谁道人生无再少？门前流水尚能西！休将白发唱黄鸡”。面对人生无常，他写下“酒酣胸胆尚开张，鬓微霜，又何妨？持节云中，何日遣冯唐？会挽雕弓如满月，西北望，射天狼”。

他是一个拥有无趣之趣的人。做官无趣，但苏轼能做出趣味来。当时，他任杭州通判，深入民间，体察民情，倾听民意，为民排忧。他素衣青帽，像个邻家大叔，亲自带领众人在西湖边实地勘察，重新疏通“钱塘六井”，为百姓排除水患，百姓无不为苏通判叫好。

本诗提到了人生最得意的四件事中的哪一件？（　　）

A. 久旱逢甘霖　　B. 他乡遇故知　　C. 金榜题名时

魏源，名远达，清代启蒙思想家、政治家、文学家。

晓　窗

［清］魏　源

少[①]闻鸡声眠，
老[②]听鸡声起。
千古万代人，
消磨数声里。

“虽然这首五言绝句只有 20 个字，却寄托着他的无限感慨。”

此诗是清代思想家魏源创作的一首五言绝句，举重若轻，寓庄于谐，以小见大，深刻地阐明了“时不我待”“稍纵即逝”的道理。

前两句“少年贪玩，半夜鸡叫才睡，老年惜时，凌晨闻鸡即起”，选取“少年”和“老人”两种人对待鸡鸣声的不同表现——年轻人听到鸡鸣声才上床入睡，老年人听到鸡啼声已起身了，形象地展现了当时不同的人的处世态度。后两句话锋一转：“遥想千秋万代贤士、庸人，一生都在鸡的鸣声中磨去。”由对个人的微观审视而引申到对社会、历史的宏观思考，向读者展示了一部人类历史：在千古万代的历史长河中，人们在送往迎来的鸡啼声中消磨了他们的岁月。

诗人自己提出的问题，他并没有回答，但在前两句的鲜明对比中，他已经给出了答案：时间苍狗，每个人在世界上，应该珍惜时间，做一番有利于国、造福于民的大事业。可谓言近旨远，富有哲理，使人受益匪浅，予人启迪。中国科学院近代史研究所研究员李瑚称赞：“虽然这首五言绝句只有20个字，却寄托着他的无限感慨。”

①少：年轻人。②老：老人。

古代早晨的鸡鸣是当时的时钟吗

古代尚未发明计时器，一般计时用的是十二时辰制，西周时就开始使用了，汉代命名为夜半、鸡鸣、平旦、日出、食时、隅中、日中、日昳、晡时、日入、黄昏、人定。而早晨的鸡鸣一声是公共生活的“闹钟”，向人们报告新的一天的开始。

战国时期，著名的函谷关的开关时间就以鸡鸣为准。有一次，孟尝君在落魄而逃的过程中逃到了函谷关，面对大门紧闭的关口，因为担心后面的追兵马上赶到，所以就命令食客会口技者学鸡鸣，听到一声鸡鸣，所有的鸡都开始叫了，函谷关的门就被骗开了。

当然，鸡鸣声并不仅仅代表着早晨的闹钟，也是风俗的一种代表。古代，汉族有“杀鸡”的岁时风俗，主要流行于浙江金华、武义等地。每年的七月初七，当地民间一定要杀雄鸡，因为当夜牛郎、织女鹊桥相会，若无雄鸡报晓，便能永不分开。

近代中国“睁眼看世界”的首批知识分子代表——魏源

曾经有人问，林则徐和魏源谁才是“睁眼看世界”的第一人？这其实不重要，重要的是魏源同林则徐一样，是鸦片战争时期“睁眼看世界”中最有眼光的人物。

在代表作《海国图志》中，魏源很好地贯彻并发挥了林则徐了解和学习西方的思想和做法，他也认为了解和学习西方的科学技术是对付侵略的重要方法。同时，他提出了“师夷长技以制夷”的口号，认为“善师四夷者，能制四夷；不善师外夷者，外夷制之”，把学习西方的“长技”提高到关系国家民族安危的大事来认识，在当时社会上产生了重大影响。

而面对社会上把西方先进的工艺技术一概目之为“奇技淫巧”的顽固封建派，魏源认为“有用之物，即奇技而非淫巧”，与此同时，又提出一套具体方案，不但包括官办军事工业、改进军队武器装备的内容，而且提出了兴办民用工业，允许商民自由兴办工业的主张。

最重要的是，魏源始终相信中国人民有能力掌握西方的新式生产技术，逐步做到“不必仰赖于外夷”，一定能富强起来，赶上并超过西方资本主义国家。

古代早晨的鸡鸣一般是几点？ （ ）

A. 早晨5点到7点　B. 早晨6点到8点　C. 早晨4点到6点

王国维，字静安，号观堂，浙江海宁人，近代学者、文艺批评家。

玉楼春·西园花落深堪扫

王国维

西园[①]花落深堪扫，过眼韶华真草草。
开时寂寂尚无人，今日偏嗔[②]摇落[③]早。
昨朝却走西山道，花事山中浑未了。
数峰和雨对斜阳，十里杜鹃红似烧[④]。

解读赏析
JIEDU SHANGXI

“‘数峰和雨对斜阳’，亦能变化王禹偁、姜白石之境。”

此词是王国维在1905年所著，上半阕写实景，由花开花落联想到年韶易逝；下半阕写实理，揭示了庄子的“万物皆备于我”的思想，道出了万事万物永恒的哲理。

前两句“西园的花落了厚厚的一地，花期是如此之短，转眼即逝”是在写景伤春，其实春花的花期本就不长，奈何今日的西园之花“盛开的时候寂寞孤独，却无人发现；偏偏在它凋零之后又引起人的感慨悲哀”。看似在抱怨大自然，实则在说上天给了你才能，却让你没有知音，真真难过。

后四句“昨天去了西山一趟，山上的花还开着。一边是山峰还在承受风雨的余威，另一边是浓云散开天空已露出夕阳”，话锋一转，从最开始的抱怨变成了超脱，发出感慨：花的美好并不会因为无人欣赏而不存在，它始终是大自然的一部分，人亦如此。

当人换一个更开阔的视角观察人生时，会产生一种完全不同于过去的感悟，而新的感悟中的超越自我的人生境界会让一切变得更加美丽。近代评论家蒋英豪评论：“‘数峰和雨对斜阳’，亦能变化王禹偁、姜白石之境。”

① 西园：汉上林苑又称西园。② 嗔（chēn）：责怪。③ 摇落：凋残，零落。④ 红似烧：红得像野火。

哪种花的花期最短

古诗当中常会用花期来形容时光易逝，但所有花的花期都一样吗？哪些花的花期最短呢？

吊兰花的花期非常短，只有1~2天，但这不是最短的，只能排到第五名而已。吊兰开出的小白花，其实特别纯净，特别好看。

第四名是仙人掌类鲜花，花期一般也只有1~2天，有一些种类会稍微长一点，但大多数都不长，所以每年到了夏季，总会有一些人感慨自己家的仙人掌终于开花了。

第三名是短命菊，听名字就能知道它的寿命和花期都不长。它是世界上生命周期最短的植物之一，寿命不到一个月。花期也非常短，因为它是沙漠植物，只有在下过雨之后才能开花，它必须在很短时间内完成整个生命的轮回。

第二名的花很多人都很熟悉，就是被称为“月下美人”的昙花，一般在晚上开花，花期特别短，只有1~2个小时。

第一名是小麦花，它是世界上开花最短的花，开花时间只有5~30分钟，真的称得上是稍纵即逝，吃个早饭的时间，花就不见了。

近代享有国际声誉的著名学者——王国维

王国维在文学创作和文学理论上最为人熟知的是他的《人间词》与《人间词话》，而《人间词话》最为人熟知的是“人生三境界”这一概念。

第一境界是“立”，出自北宋晏殊《蝶恋花·槛菊愁烟兰泣露》：“昨夜西风凋碧树。独上高楼，望尽天涯路。”以西风刮得绿树落叶凋谢暗喻当前的形势相当恶劣，可就是在乱世之中，只有他能够爬上高楼，居高临下，清晰地看到天涯海角的尽头，看到别人所不能及之处，说明他能够排除外界的干扰，这是取得成功的基础。

第二境界是“守”，出自北宋柳永《蝶恋花·伫倚危楼风细细》：“衣带渐宽终不悔，为伊消得人憔悴。”描述了一个人如何下定决心而努力奋斗，概括了锲而不舍的坚韧性格，不管遇到多么大的困难，都要继续前进，为了成功在所不惜，这是取得成功的必要过程。

第三境界是“得”，出自南宋辛弃疾《青玉案·元夕》：“众里寻他千百度。蓦然回首，那人却在，灯火阑珊处。”在经历了无数次磨炼之后，他变得成熟了，也能明察秋毫了，对很多难以理解的事物能够豁然开朗，瞬间领悟，这就是成功的最后一步——功成。

知识小问答

花期最短的花是什么花？（ ）

A. 小麦花 B. 短命菊 C. 昙花

苏轼，字子瞻，号东坡居士，眉州眉山（今属四川）人。苏洵之子。

满江红·东武会流杯亭

［宋］苏　轼

上巳[①]日作。城南有坡，土色如丹，其下有堤，壅[②]郑淇[③]水入城。

东武城南，新堤固、涟漪初溢。
隐隐遍、长林高阜[④]，卧红堆碧。
枝上残花吹尽也，与君更向江头觅。
问向前、犹有几多春，三之一。
官里事，何时毕。风雨外，无多日。
相将泛曲水，满城争出。
君不见兰亭修禊事，当时坐上皆豪逸[⑤]。
到如今、修竹满山阴，空陈迹。

“单引一事，叹尽千秋。”

此词是宋代文学家苏轼创作的一首带有人生哲理意义的词。全词由春逝兴感，由兰亭生悲，上阙写雨后暮春景物，下阙写曲水流杯的现场盛况以及对当年兰亭陈迹的感慨，发出了对自然、时间和历史意义的思考与感悟。

开头从城南引水入城工程写起：“东武城南刚刚筑就新堤，郑淇河水开始流溢。”之后详写景物：“微雨过后，浓密的树林，苍翠的山岗，红花绿叶，满地堆积。枝头残花早已随风飘尽，我与朋友同到江边把春天寻觅。”先写雨后山岗花木零落之景，再写“枝上残花”荡然无存，最后才在寻找中自问自答：“试问未来还有多少春光？算来不过三分之一。”

下阙写曲水流杯的现场盛况以及对当年兰亭陈迹的感慨：“官衙里的公事纷杂堆积，风雨过后更无几多明媚春日。今日相约，泛杯曲水，全城百姓也争相聚集。”紧接着，引发出对历史的联想：“您不曾闻知东晋兰亭修禊的故事？当日满座都是豪俊高洁之士。到如今只有长竹满山岗。往日陈迹，无从寻觅。”

词人表达的是时光易逝、物是人非的沉痛之感。明代沈际飞在《草堂诗余正集》中不禁赞叹：“单引一事，叹尽千秋。”

①上巳（sì）：农历每月上旬的巳日。②壅（yōng）：堵塞。③郑淇：水名，由郑河、淇河于密州城南汇集而成，东北流入潍河。④阜：土丘。⑤豪逸：指豪放不羁、潇洒不俗的人。

究竟什么是物是人非

苏轼在《满江红·东武会流杯亭》中感慨的是今日的兰亭不是当日的兰亭，好一番物是人非。“物是人非”的意思很好理解，但究竟出自何处？又有何发展呢？

最早出现在《文选》卷四二三国时期魏文帝（曹丕）的《与朝歌令吴质书》中：“每念昔日南皮之游……今果分别，各在一方；元瑜长逝，化为异物。……时驾而游，北遵河曲。从者鸣笳以启路，文学托乘于后车，节同时异，物是人非……”当时，曹丕致书昔日同游旧友，感慨旧友或死或别，今日出游，已经物是人非。

再到了最脍炙人口的李清照的《武陵春》中：“物是人非事事休，欲语泪先流。”李清照对于北宋灭亡、丈夫去世感到悲伤。

接着就到了无名氏《虞主回京四首·虞主歌》中：“空涕演，望陵宫女，嗟物是人非。”宫女们对皇帝去世感到悲伤。

物是人非，不过悲伤。

苏东坡也爱占小便宜

传说，苏东坡和大和尚佛印是好朋友。佛印大师生性老实，苏东坡老爱打趣他，一旦占了便宜，就会非常高兴地跑回家跟苏小妹显摆。

有一天，苏东坡和佛印大师坐在一块儿打坐参禅。过了一会儿，苏东坡问：“佛印，你看我像什么？”佛印大师笑着回答：“我看您像一尊佛。”苏东坡听了，捧腹大笑：“那你知道我看你像什么吗？”佛印大师摇了摇头，好奇地看向苏东坡。

苏东坡继续笑：“我看你啊，就像一摊牛粪坐在那里！”说完，继续笑，而佛印大师呵呵一笑，没有再说话。苏东坡高兴极了，觉得自己占了佛印大师一个大便宜，等回到家立马跟苏小妹炫耀，苏小妹冷冷地回：“你这么没有悟性，何来参禅呢？你知道参禅的人最讲究什么吗？心性！也就是，你心中有什么，眼里就有什么。佛印大师说看你像一尊佛，那是他心中有佛。而你呢？”

苏东坡被说得哑口无言。

知识小问答

本诗中提到的地区是哪里？（　）

A. 武汉　B. 长沙　C. 四川

陶渊明，名潜，字元亮，私谥“靖节”，东晋时期诗人、辞赋家、散文家。

连雨独饮

［东晋］陶渊明

运生①会归尽，终古谓之然。
世间有松乔，于今定何间。
故老赠余酒，乃言饮得仙。
试酌百情远，重觞②忽忘天。
天岂去此哉，任真无所先。
云鹤有奇翼，八表须臾还。
自我抱兹独，僶俛③四十年。
形骸④久已化，心在复何言。

“如与天面说，旷士胸中，真不相隔。”

此诗是晋宋之际的大诗人陶渊明的作品，全诗几次使用问句，发人深省，留下无穷的意味，显示了陶渊明哲理诗的特色。

开篇提出一个严肃的论题：“人生迁化必有终结，宇宙至理自古而然。”此话虽劈空而至，却也是日夜缠绕在心头的话题，而后进一步思考应该采取的人生态度：“古代传说松乔二仙，如今他们知向谁边？故旧好友送我美酒，竟说饮下可成神仙。初饮一杯断绝杂念，继而再饮忘却苍天。苍天何尝离开此处？听任自然无物优先。”

“云鹤生有神奇翅膀，遨游八荒片刻即还”，化用仙人王子乔的典故，据说云鹤有神奇的羽翼，可以高飞远去，又能很快飞回来，但陶渊明并不相信，也不幻想，只是“自我抱定任真信念，勤勉至今已四十年”。

结尾两句总挽全篇：“身体虽然不断变化，此心未变有何可言？”就这样收住了，对于触发自己感慨生死的缘由闭口不谈，却给人留下无尽的韵味，这体现了陶渊明的人生态度：始终保持一颗真心。明代文学家谭元春在《古诗归》中评：“如与天面说，旷士胸中，真不相隔。”

①运生：运化中的生命。②重觞：谓连饮数杯酒。③僶俛（mǐn miǎn）：努力，勤奋。
④形骸（hái）：指人的形体与骨骸。

喝酒不仅解愁，也能救命

古时候，人们常用喝酒解千愁，但有个人因为喝醉酒救了自己的命，着实奇怪。

阮籍是魏晋“竹林七贤”中最怪异的一个，他很爱喝酒，经常一醉就是几天甚至几十天。他憎恨封建礼教，纵酒放诞只是他消极反抗传统儒家的一种方式。其实，他本来是有济世大志的，可惜生不逢时，处在社会动荡、奸臣当道的魏晋时期。

当时，除非依附奸臣，不然有识有才的文人很少能保全自己的性命。阮籍对此感到灰心，他不愿趋炎附势，只好不再参与政事，每天沉浸在酒之中，麻痹自己，避世免祸。

当时，司马昭希望阮籍如花似玉的女儿嫁给他的儿子司马炎，但阮籍知道司马昭专揽国政，为人阴险狡诈，他想要推托，但司马昭很着急，执意要撮合这门婚事，希望阮籍近日内给出答复。阮籍想了很久也没有办法，只好使出绝招——醉酒。这一醉，就是60天，司马昭派来的使者见到阮籍不是醉倒在床上，就是连话都说不清楚，虽知道是故意的，但司马昭也没有办法，只能作罢。

第一个以“酒”入诗的人

一首首熟知的唐诗宋词，无不散发着浓浓的酒香，好像很多震古烁今的名篇，都是文人在酒酣之后创作的。真神奇，美酒进了肚子，经过一系列化学变化，酒成了酣畅的诗文。

酒和诗歌，早在《诗经》中就有了不解之缘，陶渊明并不是第一个以“酒”入诗的人。不过，陶渊明在不计其数的爱酒之人中，算得上是有一定层次的，他对酒的喜爱，已经到了痴迷的地步，这在他的诗中就不难发现，称得上“诗中有酒，酒中有诗”了。

酒，渗透到陶渊明生命中的方方面面，他不仅自己爱喝酒，还自己酿酒呢。并且，他不是单单爱酒，而是以酒寓情，将酒上升到自己心灵的层面。最著名的便是他的《饮酒》诗。

实际上，陶渊明的《饮酒》诗，内容其实是很芜杂的，并不是光讲述自己饮酒时的感受，而是他在饮酒之后，用一个醉者的心态，考量世事，而后书写内心情感。从那么多《饮酒》诗中，读者渐渐发现自己读到的陶渊明并不是一个沉醉在酒中、浑浑噩噩的酒徒，反而是一个越喝越清醒的人，想必这就是“众人皆醉我独醒”。

“云鹤生有神奇翅膀，遨游八荒片刻即还”化用了谁的典故？（　　）

A. 仙人王子乔　　B. 八仙过海　　C. 仙人跳

苏轼，字子瞻，号东坡居士，眉州眉山人，北宋文学家、书法家，唐宋八大家之一。

守 岁

［宋］苏 轼

欲知垂尽岁，有似赴壑蛇。
修鳞半已没，去意谁能遮。
况欲系其尾，虽勤知奈何。
儿童强不睡，相守夜欢哗。
晨鸡且勿唱，更鼓畏添挝。
坐久灯烬落，起看北斗斜。
明年岂无年，心事恐蹉跎。
努力尽今夕，少年犹可夸。

解读赏析 JIEDU SHANGXI

“一结‘守’字，精神迸出，非徒作无聊自慰语也。”

此诗是北宋文学家苏轼创作的一首五言古诗，用前六句的妙喻醒人耳目，细致地刻画了人们守岁的情景与心情，同时表达了自己怀亲思弟、想要及早建立功业等心愿和对青春年华的爱惜之情。

一共十六句的《守岁》，可分为三层。第一层为前六句：“要知道快要辞别的年岁，有如游向幽壑的长蛇。长长的鳞甲一半已经不见，离去的心意谁能够拦遮？何况想系住它的尾端，虽然勤勉却也明知是无可奈何。”先写守岁，却写守不住，不必守，像是欲擒故纵。

第二层为中间六句：“儿童不睡觉努力挣扎，相守在夜间笑语喧哗。晨鸡呵请你不要啼唱，一声声更鼓催促也叫人惧怕。长久夜坐灯花点点坠落，起身看北斗星已经横斜。”这是守岁的情景，把人人都有过的感受毫不费力地写了出来，增添了不少亲切感。

第三层为最后四句：“明年难道再没有年节？只怕心事又会照旧失差。努力爱惜这一个夜晚，少年人意气还可以自夸。”与开头的欲擒故纵相对照，表明守岁是应该的，每个人都应该爱惜即将逝去的时光。

整首诗明白易懂，用形象的蛇蜕皮喻时间不可留，暗示自己要抓紧时间做事，免得时间过半，难补于事。清赵克宜《角山楼苏诗评注汇钞》评论：“一结‘守’字，精神迸出，非徒作无聊自慰语也。”

春节为什么要守岁

春节守岁是自古以来中国人的传统，是为了祈求祖先的神灵保佑，直至新年黎明的到来。

自汉代以来，新旧年交替的时刻一般为夜半时分。但春节为什么要守岁呢?

年长者把守岁称为“辞旧岁”，有劝诫自己珍惜光阴的意思；年轻人守岁，则是为了延长父母的寿命。

春节守岁的由来，是相传古代有一种叫“年”的怪兽，凶猛无比，生性嗜肉，每到年三十晚上就出来作祟，不管是飞禽走兽，还是活人，它都要吞噬。为了对付“年”，为了更好地活下去，人们逐渐摸索出“年”的生活规律——每隔三百六十五天，“年”就会趁着夜色窜到人群聚居的地方，等到鸡鸣破晓再返回山林。

紧接着，人们开始想各种各样的招数对付“年”，度过这恐怖的“年关”，比如守岁、燃放鞭炮、给孩子“压祟钱”等，以驱鬼辟邪。于是每次到了年三十，家家户户都会提前熄火，把猪圈牛栏全部拴牢，把房子的前门后门都封住，躲在屋里吃“年夜饭”，熬夜守岁。

于是，守岁就成了人们过年的习俗。

苏东坡与“回赠肉”

几乎人人熟知的“东坡肉”，其实就是红烧肉，又名“回赠肉”，是苏东坡发明的一种烹制肉的方法。

传说，苏东坡在徐州任知州期间，黄河突然决口导致洪水困住徐州，徐州城内的百姓衣食困难。作为知州，苏东坡亲自带领当地的军队和百姓，一起修造堤坝以保护徐州城。经过70多个夜以继日的辛苦努力，最后保住了徐州城。军队和百姓都很高兴，为了感谢苏东坡的英明领导和他与百姓同甘共苦的精神，他们争先恐后地杀猪宰羊，带给苏东坡。

实在盛情难却，苏东坡只好收下猪羊肉，但他内心不安，亲自带领家人把收下的猪羊肉做成了红烧肉，回赠给徐州城内诸多参与抗洪行动的百姓。

百姓们吃了苏东坡回赠的红烧肉，觉得肥而不腻，味道醇香美妙，让人回味无穷。由于是苏东坡回赠的，于是就称为“回赠肉”，流传至今，成为徐州一道特色名菜。

本诗前六句写岁不可守、不必守；中间六句写什么?（　　）

A. 守岁的原因　B. 守岁的情景　C. 守岁的人

文嘉，字休承，号文水，湖广衡山（今江苏苏州）人，文徵明之子。

今日歌

［明］文　嘉

今日复今日，今日何其少！
今日又不为[1]，此事何时了？
人生百年几今日，今日不为真可惜！
若言姑待明朝至，明朝又有明朝事。
为君聊赋《今日诗》，努力请从今日始！

“姑云此日足可惜，吾辈更应惜秒光阴。”

此诗是明代著名才子文徵明的儿子文嘉所作。以非常通俗、流畅的语言劝勉自己在内的所有人要珍惜时间，千万不要荒废光阴，虚度时光。

整首诗的大意是：“今天又没做事情，那么这件事情何时才能完成呢？人这一生能有几个今日，今日不做事情，真是可惜啊！假如说姑且等到明天再去做，但是明天还有明天的事情啊！现在为诸位写这首《今日诗》，请从今日就开始努力工作吧！”

董必武曾经告诫：“姑云此日足可惜，吾辈更应惜秒光阴。”昨天的已经发生，成为不可更改的历史，而明日不可确定，只有当下的今天真正属于自己。《今日诗》进一步说明了今日的重要性，昨天的不足，今天努努力还能弥补；明天的目标，今天也能出一份力。只是，今日又今日，今日又能有多少呢？

① 不为：没有作为。

时间为什么叫作“光阴”

古语常说：“一寸光阴一寸金，寸金难买寸光阴。”众所周知，这是前人提醒人们珍惜时间，可为什么时间要叫作“光阴”呢？这与我国古代常用日晷来测量时间有关。

日晷通常由铜制的指针和石制的圆盘组成，铜制的指针叫作“晷针”，垂直地穿过圆盘中心，起着圭表中立竿的作用，因此，晷针又叫“表”；石制的圆盘叫作“晷面”，安放在石台上，呈南高北低，使晷面平行于天赤道面，这样，晷针的上端正好指向北天极，下端正好指向南天极。

晷的原理是利用观测日影以定时刻。在圆形石板上刻上表明时间的度数，圆中心立一小棍，由日出到日落，小棍的阴影由长而短，由短而长，由此知道时间的变化。“光阴”于是成了时间的代称。

由于古代刻度都是用寸量的，人们用“寸阴”表示时间极为短暂。而在《晋书·陶侃传》中，陶侃提出了时间更短的“分阴”，后人又借此创造出了比“分阴”更短的“秒阴”。可见，人们对时间都是十分珍惜的。

不输其父的成就——文嘉

在明代书法家中，文徵明是一位很有影响力的书法家，他与祝允明为吴门书派做了很大贡献。那么，作为书法家的儿子，文徵明的儿子文嘉是否得到了父亲的真传？

文嘉，文徵明次子，文彭之弟。以诸生久次贡，授乌程训导，擢和州（今安徽和县）学正，著有《和州诗》《钤山堂书画记》等。

在书法成就上，文嘉的名气不及其兄文彭，而文嘉的成就，相对而言主要在绘画上。他的山水画继承了父亲的风格，又善花卉和诗，鉴别古书画特别在行。至于书法，只有在小楷上轻情劲爽，宛如瘦鹤散不收。

俗话说：“虎父无犬子。”此话不假。在后人看来，文嘉做的任何事情都不低于文徵明，甚至比他的知名度还要高。

文嘉是谁的儿子？（　　）

A. 文彭　　B. 文徵明　　C. 文祥

施岳，字仲山，号梅川，吴人。生卒年均不详。

解语花·云容冱雪

［宋］施　岳

云容冱雪，暮色添寒，楼台共临眺。
翠丛深窅[①]。无人处、数蕊弄春犹小。
幽姿谩好。遥相望、含情一笑。
花解语，因甚无言，心事应难表。
莫待墙阴暗老。称琴边月夜，笛里霜晓。
护香须早。东风度、咫尺画阑琼沼。
归来梦绕。歌云坠、依然惊觉。
想恁时[②]，小几银屏冷未了。

“赏才情，懂心思，便是真正的‘解语’。”

此词是宋朝词人施岳的一首咏梅诗。上阙描写了梅花的形体，重点突出它的含笑多情，而下阙写词人时时提醒自己要早早爱护花，莫等到梅花凋零时才来落魄才来失落，为失去一位“解语者”而后悔莫及。

整首词的大意是：“冬云冻凝成雪片，为黄昏增添了几分寒冷，我们登上楼台一起望远。远方无人的绿草丛中，有几枝小小的梅花在召唤着春天。它挺着自己幽清娇美的身材与我们遥遥相望，含情一笑似乎懂得人的语言。为什么它默默无语?大概它有心事难于表达。不要待在墙阴处暗自衰残，你最适宜于开在月下瑶琴边，在晨霜的笛声中绽放。喜爱梅花要及早观赏，东风一吹它已在画栏池塘边出现。登高归来又在我梦中绕缠，歌声让我梦里跌落云端，惊醒后才发现只是一场虚幻。想到这个时候，画中的你在屏风上正经受着风寒。”

在词人眼中，梅花“遥相望”“含情一笑”，赏识自己的才情，懂得自己的心思，是真正的“解语花”。而这样的花，怎么能够待在墙阴处暗暗地等衰残呢？必须开在月光下，让路过的人赞美你的笑脸。词人也是在提醒自己：喜爱梅花就要尽早观察，不然等东风一吹，笑脸消散，就只能在梦里思念了。

①窅（yǎo）：深远。②恁时：那时候。

凡事不可考——施岳

关于施岳的信息，其实现存的资料很少。

施岳，字仲山，号梅川，吴人。生卒年均不详，只知道宋理宗淳祐中前后在世。尽管他的生平事迹因无相关记载已经不可考，但毋庸置疑的是，施岳精于音律，作词声元舛误；又因为读的唐诗很多，词语多雅淡，这一切只能在仅存于世的六首绝妙好词《曲游春 · 清明湖上》《步月 · 茉莉》《兰陵王》《解语花》《水龙吟》中考究了。

施岳死后，杨缵为树梅作亭，薛梦珪为作墓志，李彭老书，周密题，最终被葬于西湖虎头岩下。由此可见，施岳在当时非常受文人推崇。

谁是真正的解语花

唐朝开元二十五年，唐玄宗最宠爱的武惠妃因病去世。为此，唐玄宗悲恸欲绝，茶饭不思，整日闷闷不乐。

当时，驸马杨洄见此，为了讨唐玄宗的欢心，他劝皇上驾幸温泉宫。这一路的同行，杨洄极尽奉承之能事，还推荐了一个绝代佳人。这个佳人就是武惠妃之子——寿王瑁的妃子杨玉环。

唐玄宗一看，这杨玉环有倾国倾城之貌，高兴极了，立即设宴款待。席间又得知杨玉环擅长音乐，吹笛吹得娓娓动听，唐玄宗连连拍手叫好，赐酒三杯。喝了酒的杨玉环泛起红晕，显得更为楚楚动人。

有了杨玉环，唐玄宗十分上心，凡是贵妃想要的，他一定会竭尽全力为之弄来，以博取欢心，连杜牧都有诗歌为证：“一骑红尘妃子笑，无人知是荔枝来。”

有一日，皇宫中的太液池开出了无数雪白的莲花，唐玄宗和皇亲国戚在一起设宴赏花，大家都对莲花赞不绝口。此时，唐玄宗指着杨贵妃，说：“这莲花再美，也比不上我这会说话的名花！”

解语花由此而来，用来比喻美女，或指美女可人。

解语花指的是什么？（　　）

A. 一种会说话的花　　B. 用来比喻美女，或指美女可人　　C. 杨贵妃

谢脁，字玄晖，陈郡阳夏（今河南太康县）人，南朝齐诗人。

王孙游

［南朝］谢脁

绿草蔓①如丝，
杂树红英②发。
无论③君不归，
君归芳已歇④。

解读赏析

JIEDU SHANGXI

“语浅意深、韵短情长。”

此诗是南朝齐时著名的山水诗人谢脁写的一首五言古诗。诗中描写了暮春景象，抒发了少女对情人的思念，篇幅虽短，在艺术风格上却颇具特色。

前两句“地上长满了如丝的绿草，树上开满了烂漫的红花，已是暮春时节了”，描写了一派绿色的世界，烘托出春天生机勃勃的景象，只是，景色越美，心越悲伤，少女不禁情思缱绻，惆怅地发出感慨：“莫说你不回来，即使回来，春天也过去了。”

过去的不仅仅是春天，更是少女美妙的年华，毕竟红颜难持久。本是一般的少女怀春诗，却一点也不着急，而着重写少女对红花的珍惜，对春色的留恋，把简单的情感宣泄升华到对春天的珍惜、对时间的留恋的理性高度，渗透出一种强烈的时间意识和生命意识。真是一首充满生命意识的景、情、理俱佳的好诗。

①蔓：蔓延。②英：花。③无论：莫说。④歇：尽。

连李白都是他的死忠粉——谢朓

南朝世家大族谢家，出过两位有名的文学天才，一位是谢灵运，一位是谢灵运死后50年左右出现的谢灵运的后族——谢朓，历史上称其为“大小谢”。

谢朓出身于名门望族，字玄晖，父亲谢纬官至正员郎。从小，谢朓就好学不倦，文章清新俊丽，特别是山水诗。与谢灵运的富艳精工、典丽厚重的特点颇为不同，以清新流利、较少繁芜词句和玄言的特点著称。

这一生当中，谢朓吸粉无数，很多人都是他的粉丝。梁武帝自己就说过这样的话：“三天不读谢朓的诗，就觉得口臭。”而晚于谢朓250年出生的诗仙李白在自己的诗中就对偶像谢朓表白了16次，发誓一生都要低首谢宣城。

谢朓36岁就去世了，而在此之后的100年，诗坛从此寂静，再无大才出现，再也没有可以与之比较的诗人。

你是不是用错了“少女怀春”这个词

《王孙游》写了少女怀春，但在现实生活中，很多人会用错少女怀春这个词，它表示的是年轻的女孩儿对美好爱情的向往。

在古代，就有很多诗词作品表达青年男女对于爱情的美好向往，最广为人知的是《诗经》中的《关雎》一篇，“关关雎鸠，在河之洲。窈窕淑女，君子好逑”写的便是男女约会时的芳心萌动。唐人郭震的《春江曲》和宋人乐府《子夜四时歌》都描写了春日融融，困锁深闺的女子，在春光明媚的日子里期待爱情的来临，与心上人约会，共度美好时光。

《诗经·召南·野有死麕》中有一句：“有女怀春，吉士诱之。”晋代陆机在《演连珠》中写道：“幽居之女，非无怀春之情。”清代纳兰性德在《五色蝴蝶赋》中也有一句：“荡子之妻见悠扬而兴婉，怀春之女对夹柏而含酸。”“少女怀春”这四个字，也是由此而来。

不过，“少女怀春”这个词真正流行起来，是因为郭沫若翻译的一句歌德的外文诗歌：哪个少女不怀春，哪个少男不钟情。

少女，单纯浪漫的情思，总是给人带来一种美好爱情的想象。所谓少女怀春，也就是表达对这种美好爱情的向往和憧憬。

知识小问答

这首诗写的是什么季节？（　）

A. 早春　B. 初夏　C. 暮春

李商隐，字义山，号玉溪生，怀州河内（今河南沁阳）人，唐代诗人。

乐游原

［唐］李商隐

向晚[①]意不适[②]，
驱车登古原。
夕阳无限好，
只是近[③]黄昏。

“此诗忧唐祚将衰也。”

此诗是唐代诗人李商隐的诗作，全诗语言毫无雕饰，节奏明快，感喟深沉，富于哲理。尤其是后两句，不仅脍炙人口，而且意蕴丰富，具有极高的美学价值和思想价值。

前两句“傍晚时心情不快，驾着车登上古原”，点明了登原游览的时间和原因，此刻的自己心情忧郁，为了解闷，驾着车子外出看看风景。后两句紧接着表达观风景之感，在看到一轮辉煌灿烂的黄昏斜阳时，发出感慨：“夕阳啊无限美好，只不过接近黄昏。”

乍看只是感慨自然风光，但其中蕴藏着诗人的时代没落之感、家国沉沦之痛、身世迟暮之悲，种种情绪都熔铸于黄昏夕照下的景物画面中，迎面而来的便是深深的哀伤，哀伤自己不能挽留这美好的事物。

不过，景致之所以如此妖娆，正是因为在接近黄昏之时才显得无限美好。诗人在见过当时唐帝国的短暂繁荣后，也预见到社会的严重危机，借此抒发内心的无奈感受罢了。很多事已经无法挽回，只能承认自己的无力，只能看着它远走。杨诚斋在《唐诗品汇》中评价此诗：“此诗忧唐祚将衰也。”

① 向晚：傍晚。② 不适：不悦，不快。③ 近：快要。

太阳的各种称呼

夕阳是太阳在落山时的称呼。而关于太阳，叫法多种多样。为什么会这样呢？其实是因为华夏大地历史悠久、地域辽阔，各地方言众多才导致了如今的局面。

每个地区对太阳的叫法各不相同。举个简单的例子，在河南区域就有很多种叫法，有人把太阳称为“日头”，正如平时听到的“日头出来了，该起床了”，但河南有的地区又把太阳称为“老阳”，有些地方则直接称“太阳”。

而离河南并不太远的北京、保定一带，对太阳的叫法又不同，有的叫“太阳”，有的叫“老爷儿”，再往北走，到沈阳一带，也会有人把太阳叫“日头”。而太原、呼和浩特一带就更有意思了，他们把太阳称为“阳婆”。仅河北一个省，对“太阳”的称呼就数不胜数，像“爷爷儿、爷爷、日头、日头爷、日头影儿、阳婆儿、阳婆、前天爷、佛爷儿”等。

天南地北，太阳的叫法多种多样，但不管大河上下，生活在这片土地的我们，都是华夏儿女。

唐朝的励志哥——李商隐

生不逢时，是李商隐最恰当的写照。

出生的那一年，大唐盛世已经在公元755年的安史之乱中耗尽了元气，再也无法扭转日薄西山的命运，虽称得上是没落贵族的余脉，却也不过是洪流中的一粒泥沙，被裹挟着，江河日下。父亲在李商隐6岁时去世，童年的快乐时光戛然而止，将父亲安葬于故乡后，李商隐正式成了一个无家可归的人，日日逃亡。

但幸好，他努力地活着。最开始，为了谋生养家，他来到洛阳，替人抄书写字为生，想到自己年幼经历的磨难和怀才不遇的郁闷，他的心中郁结万分，终于抑制不住思绪，顷刻之间就有了一篇文辞华美的《才论》，很快就在洛阳士大夫间传诵。

这个有着寒苦身世的儒雅俊逸少年，终于凭借机遇和满腹才华，顺利进入了上层贵族文艺圈。尽管后来，又经历人生的波折，但他始终励志地活着，成为未来数代人的榜样。

乐游原在今天的哪个城市？（　　）

A. 西安　　B. 武汉　　C. 贵阳

陶渊明，字元亮，又名潜，私谥“靖节”，世称靖节先生。

杂诗

［东晋］陶渊明

人生无根蒂[①]，飘如陌上尘。
分散逐风转，此已非常身。
落地为兄弟，何必骨肉亲！
得欢当作乐，斗酒聚比邻。
盛年不重来，一日难再晨。
及时[②]当勉励，岁月不待人。

“质如璞玉，然而内蕴却极丰富。”

此诗为陶渊明的十二首《杂诗》中的第一首，延续了《杂诗》的原本基调：慨叹人生之无常，感喟生命之短暂。

前四句“人生在世没有根蒂，漂泊如路上的尘土。生命随风飘转，此生历尽艰难，已经不是原来的样子了”，感慨人生无常，犹如无根之木、无蒂之花，经过种种遭遇和变故的改变，每一个人都不可能是最初的自我。这深刻的人生体验，就是至为沉痛的悲怆。

承前而来的四句“世人都应当视同兄弟，何必亲生的同胞弟兄才能相亲呢？遇到高兴的事就应当作乐，有酒就要邀请近邻共饮”，这是诗人在战乱年代对和平、泛爱的一种理想渴求。最后四句“青春一旦过去便不可能重来，一天之中永远看不到第二次日出。应当趁年富力强之时勉励自己，光阴流逝，并不等待人”，现在常常被用来鼓励年轻人珍惜光阴，努力学习，但陶渊明当时的本意是希望人们及时行乐，生命短促，人生不可把握，快乐也很难寻得，为何不及时地抓住它，尽情地享受呢？

起笔虽令人感到迷惘，但在行进的过程中，执着地追求着生命当中的快乐，慢慢带来希望，最后慷慨激昂地鼓励，使人感到兴奋。整首诗取譬平常，质如璞玉，然而内蕴却极丰富，波澜跌宕，发人深省。

①蒂（dì）：原指花果与枝茎相连部分，此指事物的本源。②及时：趁盛年之时。

何为陌上

《杂诗》中有一句“飘如陌上尘”，“陌上”指的是“路上”，精确而言，实际上是指“田间”。

为何如此呢？这还是陶渊明的功劳，他曾经在《桃花源记》中写道：“阡陌交通，鸡犬相闻。”意思是田间小路交错相通，（村落间）鸡鸣狗叫的声音能相互听见。但，为什么要把田间小路称为“阡陌”呢？

在古代，“千”其实是空间概念，指南北方向。“千”字，从人从十（出自《说文解字》），表示“人起步走”：往南是人生的方向，往北是人死的方向。“百”是时间概念，指把从日出到下一个日出之间的时间段，划分为一百刻，即“百刻制”。因此，“千百”一词合成后就成了类似“时空”“宇宙”的概念。

而“阡陌”一词是指在广袤的田野上南北走向和东西走向并且相互交错的田埂，其中，“阡”是指南北走向的田埂；“陌”是指东西走向的土埂。

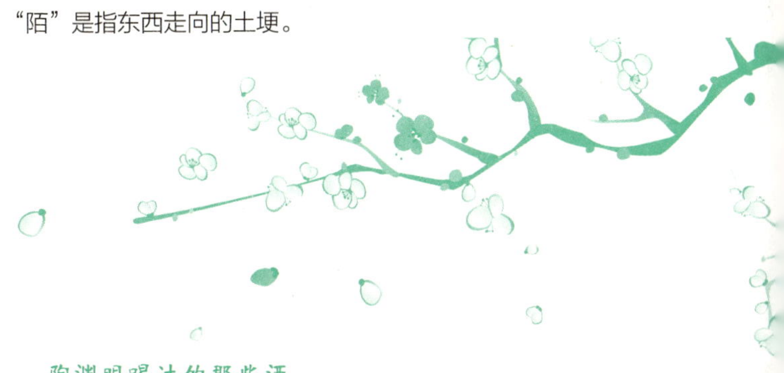

陶渊明喝过的那些酒

陶渊明爱喝酒已是毋庸置疑的事了，他因为喝酒有过哪些趣事呢？

第一件，自称“五柳先生”。少年时，陶渊明写过一篇《五柳先生传》，说五柳先生是一个不喜欢荣华富贵且不贪图势力的清闲人，一生只钟爱饮酒。后来，亲朋好友知道他因为家境贫寒不能经常买酒喝，就经常邀请他到家中喝酒，于是喝得烂醉如泥。这是老年陶渊明的真实写照。

第二件，王弘送酒。陶渊明喜欢喝酒，但因为穷，经常喝不上酒。有一年重阳节，他在屋子旁边的篱笆旁摘了一大把菊花，然后坐着想心事。这时候，江州刺史王弘派人送美酒给陶渊明，如此，陶渊明才开心地喝上美酒，直至尽兴。

第三件，留钱于酒家。颜延之是陶渊明非常要好的朋友，有一天，他来看望陶渊明，临走之际留了两万钱给陶渊明，陶渊明不好推托，但转身把钱存在了他经常去的酒家，方便以后能够随时随地去喝酒。

第四件，寺庙酒客。有一日，庐山东林寺中很有名的慧远师父邀请陶渊明去寺中做客。陶渊明知道寺庙中是不可以喝酒的，先问：“您可以允许我喝酒吗？可以的话，我就去。”慧远破例答应，允许陶渊明在寺庙中饮酒。

知识小问答

这首诗的意思与下列哪句诗意义相近？（　　）

A. 欲穷千里目，更上一层楼　B. 花开堪折直须折，莫待无花空折枝　C. 横看成岭侧成峰，远近高低各不同

惜时篇

《古诗十九首》大约是东汉后期作品，作者已佚，大多是文人模仿乐府之作。

生年不满百

［汉］佚　名

生年不满百，常怀千岁忧。
昼短苦夜长，何不秉烛游！
为乐当及时，何能待来兹[①]？
愚者爱惜费[②]，但为后世嗤[③]。
仙人王子乔，难可与等期。

“欢娱嫌日短，寂寞恨更长。”

这是一首五言诗，选自《古诗十九首》，作者已无从考证，但是我们可以从中了解到当时一些文人的思想倾向。诗人首先以“百年”对照“千年”，表现出对“愚者”的讽刺：人生在世，不足百年，他们内心却常常怀有千年之久的担忧，这是何必呢？

紧接着诗人表达了自己的追求：白天短暂，长夜漫漫，不如秉烛夜游，日夜畅饮欢歌。时间不等人，行乐要及时，无须等到来年。而那些愚蠢的人生前吝啬钱财，不舍花销，死后只是便宜了他的后代，而他的那些不肖子孙，也许并不会感激他，反而会讥笑他不懂得享福。诗人落笔至此，可能惊醒不少“梦中之人”。最后，他还针对一些存有希望、祈求长寿之人进行了讽刺，不要想着像王子乔那样升仙得道，那是不可能实现的。一针见血，强势有力。

①来兹：来年。②费：费用，指钱财。③嗤：讥笑，嘲笑，此处指轻蔑地笑。

王子乔是谁

《列仙传》里记载，王子乔是周灵王的太子，他擅长吹笙乐，吹出的声音仿佛凤凰长鸣，美妙异常。王子乔在伊、洛两地游走时，遇到一位浮丘公的道长，将他接到嵩高山修仙。三十多年后他才回来，王子乔让人转告他的家人，七月七日，他会在缑（gōu）氏山巅等他们。到了七月七日那天，果然看到王子乔乘着白鹤停在缑氏山上，看到家人之后，王子乔只是远远挥手辞谢，并在山头停了数日，便乘鹤而去。

《诗经》里的“吝啬鬼”

勤俭节约本是美德，但是过分囤积财物不懂得享用，便会像《欧也妮·葛朗台》里面的那个守财奴一样，被钱财所奴隶，终身不得解脱。《诗经·唐风·山有枢》里也有一个“吝啬鬼”，他有衣帽却不穿不戴锁在箱子里；有车有马，却不坐不骑放在一边；有庭院却不打扫，有钟鼓却不敲打，有美酒佳肴却不享用。结果一朝不幸离世，这一切都送给了别人，让别人享用了。

诗词小真相 SHICI XIAO ZHENXIANG

乱世里的“生死”文学

魏晋南北朝时期是中国历史上一个重要阶段，因其战乱不断和政权分裂而被称作乱世。乱世之中，战火纷飞，百姓流离。不幸者已然丧命，幸存者将继续忍受伴随战乱而来的饥饿和病痛的煎熬，人间恍如炼狱。在这样的乱世里，诗人们更能够感受人生的短促、生命的脆弱及命运的难测，从而创造出风格独特的乱世文学。

诗人作家们在乱世之中的无能为力，增添了乱世文学的悲剧性色彩，从而形成一些常见的创作主题，如“生死”“游仙”和“隐逸”。“生死”文学的主要内容就是感慨人生的短促，死亡的无可回避以及思考如何面对生死。在汉乐府、《古诗十九首》以及后来的文学作品中都有不少关于“生死”的诗歌，而这样的诗歌在乱世中更为突出。

在以“生死”为主题的作品中，谈及的人生态度大致有以下几种。第一种是提高生命的厚度，如及时建功立业，实现人生抱负；第二种是延长生命长度，这表现在访道求仙，服食仙丹，以求长寿；第三种是人生苦短，当及时行乐，表现在尽情饮酒及沉溺声色；第四种则是不念生死的顺其自然的态度。

知识小问答

《古诗十九首》是由下列哪一位选录并编人《文选》的？（　）

A. 萧衍　　B. 萧纲　　C. 萧统

本章知识小问答答案

第 071 页　正确答案：B. 泛指多杯

第 073 页　正确答案：B. 62

第 075 页　正确答案：A. 春天黄昏

第 077 页　正确答案：A. 珍惜时间

第 079 页　正确答案：C. 金榜题名时

第 081 页　正确答案：A. 早晨 5 点到 7 点

第 083 页　正确答案：A. 小麦花

第 085 页　正确答案：A. 武汉

第 087 页　正确答案：A. 仙人王子乔

第 089 页　正确答案：B. 守岁的情景

第 091 页　正确答案：B. 文徵明

第 093 页　正确答案：B. 用来比喻美女，或指美女可人

第 095 页　正确答案：C. 暮春

第 097 页　正确答案：A. 西安

第 099 页　正确答案：B. 花开堪折直须折，莫待无花空折枝

第 101 页　正确答案：C. 萧统

『书当快意读易尽，客有可人期不来。』『我是清都山水郎，天教分付与疏狂。』感怀诗以感情的起伏为纬，经纬交织，或叙事，或抒情，或写景，或政论，把作者的激情包蕴其中，显得气魄雄浑而又悲愤激切，读来有震撼人心的力量。

朱熹，南宋著名的理学家、思想家、哲学家、教育家、诗人、闽学派的代表人物。

活水亭观书有感二首·其二

［宋］朱　熹

昨夜江边春水生，
艨艟[1]巨舰一毛轻。
向来枉费推移力，
此日中流自在行。

解读赏析 JIEDU SHANGXI

“只有基础扎实，才可熟能生巧。”

这是一首七言绝句。它用泛舟作为例子，借助具体事物意在讲明一个道理。这首诗的前两句，“昨夜江边春水生，艨艟巨舰一毛轻”，“艨艟”是古时候的战舰名，“一毛轻”是指像羽毛一样轻盈。这首诗的含义是因为昨天夜里刚刚下了大雨，如此大的战船就如同羽毛一样轻轻地漂浮起来。后两句，“向来”的意思是原先，是指春水上涨之前；“推移力”是指战舰搁浅时，众人推战舰入江时的力气；中流是指江的中心。这两句的意思是，“春水”上涨之前，众人推船的力气全都白费了，现在，春水上涨，战舰已经能够在江中心自由航行了。

整首诗都在说“春水”的重要性，这里诗人想说明的是自己在创作过程中创作灵感的勃发，它犹如春水一样，让原本搁浅的思想自在表达出来。这首诗还可以这样理解，诗人在强调创作过程中基础的重要性，只有基础扎实，才可熟能生巧，自然以后的创作就会简单很多。

①艨艟：古时候的战舰名。

朱熹与艨艟

读完这首诗，我们知道艨艟是古代作战时攻击力非常强的一种战舰。有人好奇作者是目睹战舰经历春水之后在江上自由航行的景象之后写的这首诗吗？其实不是。朱熹创作这首诗是在庆元二年（1196年），当时的朱熹为了躲避权臣韩侂胄之祸，和他的学生来到新城福山（今江西省黎川县社苹乡竹山村）双林寺侧的武夷堂讲学，并未到江边目睹战舰经历春水的景象。

其一与其二

应该知道《活水亭观书有感二首》有两首诗，你或许在疑虑为什么不换个诗名呢？之所以用一个题目，是因为这两首诗讲的道理是互为补充的。朱熹的《活水亭观书有感二首 · 其一》："半亩方塘一鉴开，天光云影共徘徊。问渠那得清如许？为有源头活水来。"其一讲的是源头活水，其二说的是春水，新知识是源头活水，春水是基础知识，基础知识和新知识缺一不可，只有拥有足够的基础知识才能打开思路，让思想开启，不断汲取新知识则是让思想源源不断的根本。

我们都知道，宋朝时期，在学术上造诣最深、影响最大的就是朱熹，他建立理学体系，是宋明理学的主要代表人物。之所以有如此的成就，这和他从小的志向是分不开的。

朱熹出身于儒学世家，父亲是朱松，朱熹能有如此的成就，得益于强烈的求知欲，凡事都要一探究竟。他小时候就很聪明，他的父亲指着天空让他认识，他反倒问他父亲天上有什么东西。

除此之外，朱熹深受其父亲的影响，他父亲是在二程理学思想的教育下成长的，因此，他的父亲从小就对他严格要求，他要按照儒家圣贤的言行要求朱熹。史书中记载，朱熹十岁的时候，就开始大量阅读，读的都是圣贤的代表著作，更是如痴如醉阅读《大学》《中庸》《论语》《孟子》等书籍，大量的阅读，让朱熹开阔了眼界，增长了知识，同时明确了自己的目标。他长大之后，回忆起自己初读《孟子》时的感受，他觉得圣人的思想和他的思想是一致的，仿佛知己一般，自那以后，他便立志当圣人。他长大之后，也教育学生要以成为圣人为自己的目标。

诗中的艨艟是诗人朱熹亲眼所见吗？（　　）

A. 是　　　B. 不是

张九龄，字子寿，世称“文献公”，唐朝开元年间名相、诗人。

感遇十二首·其一

［唐］张九龄

兰叶春葳蕤[1]，桂华[2]秋皎洁。
欣欣此生意，自尔为佳节。
谁知林栖者[3]，闻风坐相悦。
草木有本心，何求美人[4]折！

“比兴手法彰显品质。”

这是一首五言诗，是张九龄遭受谗言被贬为荆州长史的时候写的。被贬之后，张九龄便写《感遇十二首》，整体采用比兴的写作手法，来体现事物清高坚贞的品德，以此来抒发自己被贬之后的心情，这是其中的第一首。

这首诗的前两句描写了春兰和秋桂，这两种植物都是高雅的植物，这两句是对偶句，兰用葳蕤来形容，葳蕤的意思是枝叶茂盛，桂用皎洁来形容，以此来描述兰的无限生机和桂的清雅洁净。之后的两句由兰桂的旺盛表达了兰桂给春秋两季带来的美好景色，同时春秋也让兰桂生机盎然，这四句诗的含义是诗人只有在开明的时代，才能施展自己的理想抱负，同时体现了诗人希望自己被重新重用的渴望。

诗的后四句的意思是春兰秋桂的香气向来是山林中人们所喜爱的，但是春兰秋桂的香气是它天生散发出来的，而不是希望人们因为它的香气来欣赏它、折曲它，这首诗的后四句中的“谁知”二字，体现了人们对于兰桂的误解。整首诗，诗人以兰桂自喻，以兰桂的香气来比喻自己的高尚品德，以及希望自己重新被重用的愿望。

①葳蕤：枝叶茂盛而纷披。②桂华：桂花，“华”同“花”。③林栖者：山中隐士。④美人：山林高士、隐士。

张九龄与开元盛世

张九龄是一位有远见、有胆识的文学家、政治家、诗人，同时是一代名相，开元盛世的出现，离不开张九龄的贡献。张九龄在担任宰相期间是一代贤相，他直言正直，敢于谏诤，推行了一系列利国利民的政策。他主张以民为本扶植农桑，选贤举能。张九龄一系列的施政方针缓解了社会矛盾，巩固了唐玄宗的地位，对开元盛世的形成起到了重要的作用。

张九龄和《感遇十二首》

《感遇十二首》是张九龄的代表作，这组诗是张九龄遭谗贬之后所作。张九龄是有名的贤相，但是在公元736年（开元二十四年）被李林甫诬陷，此时的唐玄宗已经听信谗言，于是张九龄被贬为荆州长史。《感遇十二首》就是这个时候写的，整组诗托物寓意，表达了张九龄对于自身经历的感慨，也表达了自己的理想抱负。

超凡天赋

张九龄是唐代名相，相传，张九龄小的时候非常聪明，才智过人，五六岁就能够吟诗作对，所以很多人叫他神童。

他七岁时的那年春天，张九龄和家人一起去宝林寺游玩。宝林寺是有名的寺庙，风景非常美，游人很多。张九龄被美丽的景色吸引，看得十分着迷。就在这时太守也来进香了，于是便让殿前的香客回避，可是张九龄一点也没有害怕，未曾回避。太守见他没有害怕的样子，便想考考他，就对他说："我出个对子，你若对上，我就给你供果吃。"张九龄回答道："好啊。"太守见张九龄袖藏桃花，便出了个上联："白面书生袖里暗藏春色。"张九龄随口应道："黄堂太守胸中明察秋毫。"太守见张九龄随口说来，就又出了一句"一位童子，攀龙攀凤攀丹桂"，张九龄一抬头正好看见三尊佛像，便应道："三尊大佛，坐狮坐象坐莲花。"太守听完，不由惊叹，这孩子以后必有所成。果然，张九龄凭借自己的努力成为一代名相，并协助唐玄宗开创了大唐的"开元盛世"。

张九龄在《感遇十二首·其一》中想表达的主要思想不包括什么？（　）

A. 高志美德　B. 远大抱负　C. 渴望归隐

朱敦儒，字希真，洛阳人，历任兵部郎中、临安府通判、秘书郎、都官员外郎等职。

鹧鸪天·西都[①]作

［宋］朱敦儒

我是清都[②]山水郎[③]，天教分付与疏狂。
曾批给雨支风券，累上留云借月章。
诗万首，酒千觞[④]。几曾著眼看侯王？
玉楼金阙[⑤]慵归去，且插梅花醉洛阳。

“以词章擅名，天资旷远。”

这是北宋词人朱敦儒的代表作之一，作于西都（今洛阳），主要表达对权贵的不屑和不与世俗同流合污的理想和志向。

上阕作者以“山水郎”自居，写自己热爱山水是出于天性，不喜尘世，流连山水，并声称自己懒散的生活方式和狂放的性格特征亦属天赋，因而无法改变。读来豪气四溢。“曾批给雨”二句以天意抒怀抱，透露出作者远避俗世，怡然自得的心理，充满浪漫精神。

下阕“诗万首，酒千觞。几曾著眼看侯王”，写作者诗思丰富，酒量很大，面对“侯王”功名富贵不屑一顾。“玉楼金阙慵归去，且插梅花醉洛阳”，表现出作者不愿返回京城官场，只想纵诗饮酒，与山水为伴，隐逸归老。一个“慵”字，十分准确地表现了作者鄙薄名利的态度，“梅花”更是高洁的象征，作者将高洁与疏狂的品性有机地统一起来，表现出不愿与污浊的社会同流合污的狂放。

全词清隽婉丽，自然流畅，前后呼应，章法谨严，充分体现了作者蔑视权贵、傲视王侯、潇洒狂放的性格特征。南宋黄升评“以词章擅名，天资旷远”。

① 西都：指洛阳，宋朝时称洛阳为西京。② 清都：相传天帝的宫阙。③ 山水郎：为天帝管理山水的郎官。④ 觞（shāng）：古代盛酒的容器。⑤ 玉楼金阙（què）：指汴京的宫殿。

樵歌体

朱敦儒的早期作品很有特色，但更具代表性的，还要数他南渡之后的作品。

南渡前朱敦儒作品风格清丽超旷，近似苏轼，有不食人间烟火之风，南渡后身经国难，则有不少慷慨悲凉、忧时伤世的爱国名篇传世。如《朝中措》颇多家国的感慨和身世的悲哀，情调是比较沉郁苍凉的。

而在被迫隐居的晚年，朱敦儒寓居嘉禾，常放浪烟霞间，写了大量的隐逸词，约占《樵歌》总数240余首词的五分之三。其词旷逸俊迈，多歌唱看透尘世后的随缘自适，逍遥行乐，但又深藏忧怨，有不少虚无思想色彩比较浓厚的篇章。文风超然物外，自得其乐，于淡而静的空旷境界中，透出洒脱的情调，加之语言浅白如话，开朗、单纯、明净，风格自然飘逸，在词中能自成一格，遂形成了“朱希真体”，又叫“樵歌体”。

顽童朱敦儒

据《宋史·文苑传》记载，朱敦儒“志行高洁，虽为布衣而有朝野之望”，靖康年间，钦宗召他至京师，欲授以学官，他固辞道：“麋鹿之性，自乐闲旷，爵禄非所愿也。”

年轻的时候，家境优越、才气纵横的朱敦儒，在洛阳可谓如鱼得水。他不需求官求财，就能生活富足，因此清高成为他最醒目的标签。哪怕皇帝多次召他做官，也都被他推辞不就。

提到隐居，很多以隐士的名声闻名天下，并拒绝皇帝召见赐官，以求更大名声，获得更高官职的人，在中国历史上比比皆是。但朱敦儒并非如此。他拒绝官职，是因为他根本一直是个大顽童。人生中好玩的事太多，他玩都来不及。

朱敦儒的玩心在他的词里多处体现：“故国当年得意，射麋上苑，走马长楸。对葱葱佳气，赤县神州。好景何曾虚过，胜友是处相留。向伊川雪夜，洛浦花朝，占断狂游。”“当年五陵下，结客占春游。红缨翠带，谈笑跋马水西头。落日经过桃叶，不管插花归去，小袖挽人留。换酒春壶碧，脱帽醉青楼。”

你看，他忙着骑马、打猎、访友，雪夜花朝，流连美景；忙着游春踏青，冶游青楼；玩都玩不够。这位幸运的大顽童，在他的前半生，估计最大的梦想是做个富贵闲人，在山水、醇酒、诗歌、美人之间老去吧。

以下哪首词不是朱敦儒的作品？ （　　）

A.《好事近·渔父词》　B.《浪淘沙·康州泊船》　C.《钗头凤·朝中措》

鲍照，南北朝文学家，与颜延之、谢灵运合称“元嘉三大家”。

拟行路难·其四

［南北朝］鲍　照

泻水置平地，各自东西南北流。①
人生亦有命，安能行叹复坐愁？
酌酒以自宽，举杯断绝②歌路难。
心非木石岂无感？吞声踯躅③不敢言。

“妙在不曾说破，读之自然生愁。”

门阀制度，最主要的特征在于按门第高下选拔与任用官吏。婚姻论门第，就是在前者的基础上逐渐派生的。鲍照这首《拟行路难·其四》，就是抒写诗人在门阀制度重压下，深感世路艰难的激发之作。

水倾泻到地面就会四散流淌，在这普通的自然现象中，诗人感悟出与之相似的人生哲理。流向“东西南北”不同方位的“水”，恰好比喻了社会生活中高低贵贱不同处境的人。“水”的流向，是地势造成的；人的处境，是门第决定的。因此说，起首两句，通过对泻水的寻常现象的描写，形象地揭示出现实社会中门阀制度的不合理性。后四句诗人转向自己的心态剖白，先以“人生亦有命”的宿命论观点，来解释社会与人生的错位现象，并渴望借此从“行叹复坐愁”的苦闷之中求得解脱。“酌酒以自宽”用来慰藉失去平衡的心态，然而就连借以倾吐心中悲愤的《行路难》的歌声，也因“举杯”如鲠在喉而“断绝”了。虽然社会黑暗，但是只能“吞声”强忍、“踯躅”克制，足见诗人此刻无可奈何的心境。

故沈得潜评价此诗云：“妙在不曾说破，读之自然生愁。”

①“泻水”二句：往平地上倒水，水流方向不一，喻人生贵贱穷达是不一致的。泻，倾，倒。
②断绝：停止。③踯躅（zhí zhú）：徘徊不前。

门阀制度

门阀制度大体萌芽于东汉后期，初步形成于曹魏、西晋，确立、鼎盛于东晋及南北朝前期，而衰落于南北朝后期。它是封建地主阶级特权发展到一定历史时期的一种表现形式。门阀制度的最主要特征在于按门第高下选拔与任用官吏。士族免徭役、婚姻论门第等，都是由前者逐渐派生的。门阀制度在相当长的时间内，主要属于政治制度的范畴，社会制度的成分是次要的。只有到了隋唐以后，方才逐渐完全转化为社会制度，并最后退出历史舞台。

被历史误解的酒

在众多古诗词作品中，我们时常会看到有“酒”字，岑参的“中军置酒饮归客”，李白的“五花马，千金裘，呼儿将出换美酒”，苏轼的“把酒问青天”，似乎就是古人最常见的饮品。其实不然，酒是要用粮食酿造的，而在农业生产能力低下的古代，要在满足人民日常生活的前提下，用粮食造酒也不是一件容易的事。此外当时造酒工艺有限，所酿造的酒在品质上也难以保证，古人还将工艺粗糙的酒称为“苦酒”“浊酒”。

鲍照献诗

鲍照是南北朝时期著名诗人，他流传下来的作品达200多首。其诗歌风格对后世影响比较大，李白、岑参等人都受到他作品的影响。

据说元嘉十二年，鲍照西游荆州，打算拜见临川王刘义庆。是年秋天，他到达荆州江宁郡，来了个毛遂自荐，但是并没有得到王义庆的赏识。他不甘心，于是又准备献诗以表达个人心志。有人劝阻他说：你的地位还没有达到大王能够赏识你的高度，不要让大王生气呀！鲍照却大怒说：“千载有英才异士沉没而不可闻者，岂可数哉！大丈夫岂可遂蕴智能，使兰艾不辨，终日碌碌与燕雀相随乎？”鲍照于是献诗，刘义庆觉得其诗奇异，于是赐鲍照二十四帛，后拔擢鲍照为临川王国侍郎，鲍照遂作《解褐谢侍郎表》。在荆州期间，鲍照与僧人释惠休相往来，创作《秋日示休上人》《答休上人》二诗。如果鲍照没有向刘义庆献诗，他的人生轨迹可能是另外一番景象。可是让鲍照万万没有想到的是，在当时豪门士族的欺压下，普通百姓想出头并非易事。自步入仕途后，就一直沉沦下僚，常常是在贫病交迫之中艰难度日，其不幸的身世遭际，也促成了他的文学成就。

元嘉三大家不包括以下哪个？ （　）

A. 谢灵运　　B. 元好问　　C. 鲍照

陈师道，字履常，一字无己，号后山居士，彭城（今江苏徐州）人，北宋官员、诗人。

绝句·书当快意读易尽

［宋］陈师道

书当快意①读易尽，
客有可人②期不来。
世事相违每如此，
好怀③百岁几回开？

“得意诗也。”

1099年（宋哲宗元符二年），诗人困居徐州，生计维艰，尽管“人不堪其贫”，作者却不以为意，依然“左右图书，日以讨论为务，盖其志专欲以文学名后世也”（魏衍《彭城陈先生集记》）。诗人以苦吟著称。只有读过万卷书的人，才能如此精练准确地捕捉到读书人读快书，又意恐读完的共同心理状态，“书当快意读易尽”是作者读书亲身体验的概括，也是他孤独寂寞、唯有书伴的惆怅心情的流露。当时诗人的知心朋友尽在远方，黄庭坚被逐斥戎州（今四川宜宾），苏轼被贬谪海外，音信难通。此时书本就成为他的朋友，读完一本好书后，期望与友人一同分享心得，无奈好友都天各一方。因此他发出了“客有可人期不来”的慨叹。后两句笔锋一转，诗人并没有因此消沉，而是自我安慰：世界上的事情每每和主观愿望相违背，人生本来就难得有舒畅愉快之时，何必自寻烦恼呢？

诗中所讲的道理来自作者对生活的亲身感受，所以读来并无枯涩之感。吴曾认为，这是陈师道的“得意诗也”（《能改斋漫录》），评价是中肯的。

①快意：称心满意。②可人：合心意的人，品行可取的人。③好怀：好兴致。

宋代的纸张

“书当快意读易尽”，意思是读到一本好书的时候很惬意，可惜没有多久就读完了。一本好书，纸是载体。宋代是中国历史上文化、商品经济、手工业最发达的朝代之一。造纸业在宋代取得重大突破，纸张品种、质量、生产数量在宋代都达到高潮。纸在宋代是很普通的物件，普通百姓都消费得起，可以说得益于宋朝造纸、印刷都取得重大进步，印刷的书多了，供选择的也就多了，陈师道才发出这样的感慨。

陈师道为何不得开怀

陈师道的一生是坎坷的，虽然他与当时的风云人物多有交往，也得到过他们的推荐，但是因为个人出身贫寒，并没有对他的一生起到多大作用。16岁的陈师道就留在曾巩门下，也算是师出名门。曾巩曾推荐其为属员，只因出身贫寒未果。35岁时任徐州州学教授，37岁就被弹劾。原因是去送苏轼，擅离职守了。48岁时复除棣州教授，未赴。两年后病逝。生活的打击，命运的多舛，让他在晚年终于有所顿悟。陈师道不得开怀，最主要的原因除了仕途不顺，也是生错了时代。

陈师道与苏轼

陈师道与苏轼的关系不错，当时任翰林学士的苏轼与傅尧俞、孙觉等推荐他任徐州州学教授。陈师道对他们几人是非常感激的，四年后苏轼出任杭州太守，路过南京应天府（今河南商丘），陈师道到南京给苏轼送行。不想此次送行被人以擅离职守为由，弹劾出局。不久复职，调颍州教授。当时苏轼任颍州太守，希望收他为弟子。陈师道以“向来一瓣香，敬为曾南丰”，婉言推辞。但苏轼不以为忤，仍然对他加以指导。绍圣元年（1094年），受到乌台诗案的影响，他被朝廷划为苏轼余党，罢职回家。回家后的陈师道虽然家境贫寒，但仍专力写作，欲以诗文传于后世。

在陈师道看来，苏轼不仅是他学习的榜样，更是他人生中不可多得的挚友。如果说以前与苏轼关系近，是因为苏轼的举荐，但是他罢官后仍然惦记着苏轼，这就不得不说是难能可贵的情谊了。当62岁高龄的苏轼被贬儋州时，陈师道还写了一首《怀远》，“斯人有如此，无复涕纵横”，集中表达了对友人的怀念。

下列哪句诗不是出自陈师道？（　　）

A. 莫怪知音少　　B. 落霞与孤鹜齐飞　　C. 漫漫平沙走白虹

回车驾言迈

［汉］佚 名

回车驾言迈，悠悠①涉长道②。
四顾何茫茫，东风摇百草。
所遇无故物，焉得不速老。
盛衰各有时，立身③苦不早。
人生非金石，岂能长寿考④？
奄忽随物化，荣名以为宝。

“人生当如何。”

诗以景物起兴，抒人生感喟。回车远行，长路漫漫，回望但见旷野茫茫，阵阵东风吹动百草。诗人思绪万千，不知应望何处。“所遇”二句由景入情，是过渡。因见百草萋萋，遂感冬去春来，往岁的“故物”已触目尽非，那么新年的自我，就不能不匆匆而老，这是第一层感触。人生固已如同草木，那么一生又应该如何度过呢？“盛衰各有时，立身苦不早。”“立身”，应上句“盛衰”观之，当指生计、名位、道德、事业。诗人说在短促的人生途中，应不失时机地立身显荣，这是诗人的第二层思考。但转而又想，“人生非金石，岂能长寿考”，即使及早立身，也不能如金石之永固，立身云云，也属虚妄。这是诗人的第三层想头。那么什么才是起初的呢？只有荣名——令誉美名，当人的身躯归化于自然之时，如果能留下一点美名为人们所怀念，那么也许就不虚此生了吧。终于诗人从反复的思考中，得出了这一条参悟。“人生当如何？”众多诗歌中都有这样的思考，这首诗算是表现了当时人们的心声。

这是一首哲理性的杂诗，但读来非但不觉枯索，反感到富于情韵。因为他的思索切近生活，自然可亲，能感到诗人由抑而扬，由扬又抑，再抑而再扬的感情节奏变化。

①悠悠：远而未至之貌。②涉长道：犹言“历长道”。涉，本义是徒步过水。③立身：犹言树立一生的事业基础。④寿考：犹言老寿。考，老也。

小议《古诗十九首》

《古诗十九首》是中国古代文人五言诗选辑，由南朝萧统从传世无名氏古诗中选录十九首编入《文选》而成。这十九首诗习惯上以句首标题，如本诗便是以首句作为题目的。《古诗十九首》是乐府古诗文人化的显著标志，深刻地再现了文人在汉末社会思想大转变时期，追求的幻灭与沉沦、心灵的觉醒与痛苦，抒发了人生最基本普遍的几种情感和思绪。全诗语言朴素自然，描写生动真切，具有浑然天成的艺术风格，被刘勰称为“五言之冠冕”。

汉朝人的生死观

在这首诗中我们能感受到汉朝人对生死观认识有了新的高度，“人生非金石，岂能长寿考？”人不如金石般坚固，生命是脆弱的，怎么能够长生不老呢？相比秦朝而言，这是一个非常大的进步。汉朝人对石头情有独钟，喜欢以石刻为陪葬，他们认为尸体会腐烂，而石头却能永恒，因此在汉代古墓中时常会看到各种石刻陪葬品。相比其他各种珍贵的陪葬品被各路摸金校尉光顾，无人问津的石刻陪葬品，无疑成了那个时代的“照相机”。

《古诗十九首》的艺术成就

刘勰在《文心雕龙·明诗》中评《古诗十九首》“直而不野，婉转附物，怊怅切情，实五言之冠冕也”。王国维称其是“写情如此，方为不隔”。这十九首诗歌为何有如此高的价值呢？

从某种意义上来说，《古诗十九首》是对《诗经》艺术风格的延续。据统计，十九首诗中化用《诗经》成句或意境的地方就有二十多处，如“愿为常巧笑，携手同车归”中的“巧笑”就出自《诗经·卫风·硕人》“巧笑倩兮，美目盼兮”，“同车”则出自《诗经·郑风·有女同车》的“有女同车”，“奋翅起高飞”则化用《诗经·邶风·柏舟》中的“静言思之，不能奋飞”。诗人以其特有的艺术手腕，巧用诗句，使得文省义深，精美绝伦，升华了诗歌中所要表达的种种感情。

叠字的大量使用是《古诗十九首》的另一语言特色。共使用了29处叠字，第一首、第十三首、第十六首就占了13个。这一写作手法在《诗经》中也能找到，如“关关雎鸠”“青青子衿”等，《古诗十九首》的独创性在于它将形容词大量叠用。如《青青河畔草》中大量叠词的使用，不仅增强了诗歌的音乐美，也更具有画面美。

下列不属于《古诗十九首》的是？（　　）

A.《明月何皎皎》　　B.《涉江采芙蓉》　　C.《上山采蘼芜》

张九龄，字子寿，韶州曲江（今广东韶关市）人，唐开元尚书丞相、诗人。

感遇十二首·其四

［唐］张九龄

孤鸿①海上来，池潢②不敢顾。
侧见双翠鸟③，巢在三珠树④。
矫矫⑤珍木巅，得无金丸惧？
美服患人指，高明逼神恶。
今我游冥冥，弋者何所慕！

“心境的吐露。”

这是一首寓言诗，大约是唐玄宗开元二十四年（736年），李林甫、牛仙客被重用，诗人被贬为荆州刺史时所写。诗中以孤鸿自喻，以双翠鸟喻李林甫、牛仙客，说明一种哲理，同时隐寓自己的身世之感。两年后诗人就去世了，这首诗该是他晚年心境的吐露。

诗人将孤鸿与大海对比，沧海之大，鸿雁之小，衬托出人在宇宙间是何等渺小。“池潢不敢顾”，经历过大海的惊涛骇浪，何至见到护城河水，也不敢回顾一下呢？“侧见”一句写出一对身披翠色羽毛的翠鸟，把巢营在神话中所说的三珠树上。不要太得意了，你们闪光的羽毛这样显眼，难道就不怕猎人们用金弹丸来猎取吗？诗人假托孤鸿的嘴，以温厚的口气，对李林甫、牛仙客之流提出了诚恳的劝告。“美服患人指，高明逼神恶”两句，点出了全诗的主题思想，忠告对方：才华和锋芒的外露，就怕别人将以你为猎取的对象；窃据高明的地位，就怕别人不能容忍而对你厌恶。忠告双翠鸟一共四句，前两句代它们担忧，后两句正面提出他那个时代的处世真谛。然则，孤鸿自己将采取怎样的态度呢？它既不重返海面，也不留恋池潢，它将没入苍茫无际的太空之中。“今我游冥冥，弋者何所慕”，纯以鸿雁口吻道出，情趣盎然。全诗就在苍茫幽渺的情调中结束。

①鸿：雁类的泛称。②池潢：池塘，积水池，引申为护城河。③双翠鸟：即翡翠鸟，雄为翡，雌为翠，毛色华丽多彩。④三珠树：神话传说中的宝树。⑤矫矫：超然出众的样子。

明末的“三珠树”

王铎、倪元璐与黄道周都是明代董其昌之后最重要的书法家，他们与稍早的张瑞图共同创造了晚明书法史上震人心目的巨轴行草风气。三人同是明天启二年（1622年）进士，又同时进入翰林院。黄道周在《王觉斯初集》序言中称当年66位庶吉士之中，只有王铎、倪元璐与他最为乳合，三人“盟肝胆，孚意气，砥砺廉隅，又栖止同笔研，为文章”，赞赏他们的人呼为“三珠树”，嫉妒他们的人则称他们是“三狂人”。

护城河的作用

古代战乱频繁、匪患不断，所以古人修城池非常注意防御功能，往往会在城墙外挖一圈护城河，这样能大大增强城池的防御力。护城河能有效延缓敌人的攻势，起到良好的隔离和缓冲作用。有了护城河，城中守军只要集中防守几个突破点就可以，敌人想破城非常困难。护城河还有自救功能，不仅能防范敌人的火攻，还能满足城里用水的需要，又是防洪排涝的重要水利工程，有的靠近江河还能承担运输功能。

动天墨砚

张九龄家住县城保安里，小时候在大鉴寺读书。传说他常用的墨有尺多长，墨砚有汤盆般大，流传下来许多神话故事。

有一回，墨砚被一只大老鼠拖走了，他很气愤，把老鼠捉来钉在木板上，并写上：“张九龄，解鼠上朝廷，若然解不到，山神土地不安宁。”然后把木板放于江中，说也奇怪，木板一下水，不是顺流南下，却是逆水北上。刹那，只闻锣鼓声在江中响起，又见木板去处旌旗飘飘，好像兵马在押鼠上京。

有一年，韶州大旱，田地干裂，禾苗枯萎。人们从早到晚都去大鉴寺求雨。张九龄目睹惨状，倍感难受，问求雨的人：“你们这样就能求得到雨吗？”求雨人说：“求得多了，老天爷就会感动。”张九龄听后，不声不响地将他的墨砚放在地上，两手捧着墨磨了起来。求雨人奇怪，问他要干什么。张九龄说：“我要写状子告老天爷。”大家不以为意。谁知，墨砚里的清水越磨越黑，天也越来越黑，待把一整条墨磨完，天空已乌云密布，电闪雷鸣。这时，张九龄猛然拿起墨砚往天上一泼，只听哗啦一声，那盘墨水即化作倾盆大雨落了下来。全城的人都从家里跑出来，让雨水淋个痛快。从这时候起，张九龄的名字就深深刻在曲江百姓心里。

下列被人们冠以“三珠树”之称的是？（ ）

A. 王勔、王勮、王勃　B. 苏辙、苏轼、苏洵　C. 王铎、倪元璐、黄道周

白居易，字乐天，号香山居士，有“诗魔”和“诗王”之称。

放言五首·其四

［唐］白居易

谁家宅第成还破，何处亲宾哭复歌[①]？
昨日屋头堪炙手，今朝门外好张罗[②]。
北邙未省留闲地，东海何曾有顶波。
莫笑贱贫夸富贵，共成枯骨两何如？

解读赏析 JIEDU SHANGXI

“朴素的唯物辩证法思想。”

这首诗作于唐宪宗元和十年（815年），是白居易被贬谪去江州（今浔阳）途中和元稹的同名组诗之作。元稹在江陵期间，写了五首《放言》诗表达自己的心情。过了五年，诗人被贬为江州司马，写下《放言五首》诗奉和。

白居易的思想，综合儒、佛、道三家，以儒家思想为主导。因此在他的诗歌中既有佛道学派的出世思想，又有儒家积极的入世思想。“哭复歌”是因显贵而歌，因败亡而哭。人生哪有永远的显贵呢？一旦破败就会是另外一番景象了。从“炙手”到“张罗”就是最好的说明。“北邙”一句，就是借北邙山和东海来说明世事无常。最后一句有教育意义，不要嫌贫爱富，等到生命结束后都是枯骨一堆。

这首诗通篇谈世事人生的变化。甲第贵宅有破败的时候，亲人朋友有死亡的时候；昨天炙手可热的人家，今朝也是门可罗雀。宇宙一切都在运动、变化。世界就在这运动、变化中发展、前进。人生的富贵也是变化的，所以决不能因为自己的一时显荣，就自我夸耀，看不起别人。这些反映了作者朴素的唯物辩证法思想，对人们正确地认识人生和社会，不无哲理启示。

①哭复歌：因显贵而歌，因败亡而哭。②张罗：本指张设罗网捕捉虫鸟。常以形容冷落少人迹。

葬于北邙

“北邙”是指洛阳的北邙山，这里是安寝帝王最多的地方，据说有一百多处。古人有“生于苏杭，葬于北邙”之说。邙山山脉位于黄河与洛水交汇处，是墓冢的上佳之选，渗水率低，土壤密实，最适于建造墓穴。邙山风水之所以好，还主要好在老子当年结炉炼丹之地——翠云峰。道家把这翠云峰称作“金台玉局”。洛阳这个宝穴聚王气，上清宫“镇山”镇王气，从而使洛阳承载中国历史上“十三朝古都”的美誉。

东海扬尘

大家都知道“沧海桑田”是用来形容时过境迁的，在古代文献中还有一个词也有同样的意思，那就是“东海扬尘”。该词常用来比喻世事变化很大，最早见于晋朝葛洪的《神仙传》中关于麻姑的记载，其中有这样一段，麻姑说：“自我成仙以来，已见东海三次变为桑田，刚才到蓬莱，见东海水又浅于过去，将要到以前的一半深了，难道又要变成陆地吗？”王远笑道：“圣人都说，在海中走路又要扬起尘土了。”自此便有“东海扬尘”这个成语了。

白居易被贬江州

《放言五首》是白居易被贬谪去江州途中所作，白居易为什么会被贬江州呢？

安史之乱以后，藩镇割据的情况愈演愈烈，藩镇们不秉王命，割据叛乱，互相掠夺，搞得天下不宁。对待藩镇割据的问题，朝廷内部有两种不同的意见：一派主张姑息、怀柔，一派主张武力讨伐。当时的宰相武元衡和御史中丞裴度都是主战派。元和十年，宪宗拟讨伐淮、蔡藩镇吴元济，并将机务全部交给武元衡。而河北藩镇王承宗遣使者奏请宪宗赦免吴元济。事情转到武元衡处，使者辞礼悖慢，武元衡严词叱之。王承宗对此十分恼火，上奏章诋毁武元衡，从此结下怨恨。不久，藩镇们收买嵩山中岳寺僧人在长安刺杀了宰相武元衡，同时把御史中丞裴度刺成重伤。满朝文武，多慑于藩镇的淫威而不敢说话，而身居闲散官职的白居易却犯了职业病，第一个上疏，“急请捕贼以雪国耻”。他此举招来了很大是非，宰相认为他是宫官而不是谏官，不应当先于谏官言事，平白无故地给他加上了“越职言事”的罪名。当权者正讨厌白居易言事，于是奏贬白居易为江州刺史。诏书刚出，中书舍人王涯立即上疏论之，说根据白居易所犯的罪状事迹，不适合担任一州之长，于是追诏授白居易为江州司马。

下列诗句中哪句不是出自白居易的五首《放言》？（　　）

A. 龟灵未免刳肠患　　B. 但爱臧生能诈圣　　C. 春宵苦短日高起

韦应物，长安（今陕西西安）人。唐代诗人，因出任过苏州刺史，世称韦苏州。

听嘉陵江水声寄深上人

［唐］韦应物

凿崖泄奔湍，称古神禹迹[①]。
夜喧山门店，独宿不安席。
水性自云静，石中本无声。
如何两相激[②]，雷转空山惊。
贻之道门旧[③]，了此物我情。

“清静无为。”

这是一首充满禅趣的妙诗，全篇抓住嘉陵江水声展开构思。

首句借大禹治水的传说写嘉陵江水声的由来。意思是说，大概由于大禹的神奇力量，他凿开险峻的山崖，使飞流急湍奔腾直泻，发出巨响。起笔即紧扣诗题，显得气势雄伟。诗的三、四两句写诗人夜宿山门店，由于水声的喧闹，通夜无法安寝。这两句一方面承接上文，进一步具体写出嘉陵江水声之大；另一方面极自然地引发出下文对水性的议论。这是阐发禅理、表现禅趣的转折点。而五、六、七、八四句借水声与山石激荡出巨响的自然现象展开议论，颇含哲理。大意是说，水性本来是安静的，山石也不会发出声响，可是两者一激荡，竟发出惊雷一样的巨响，完全丧失了水石的本性。我们从这一自然现象中，可以悟出很深的禅理：人在社会中，应当以无念为宗，不取不舍，不染不著，任运自然，自在解脱，应当像水石一样保持安静和无声的本性，水石保持住本性就具备了佛性，人向自性中求取，保持住清静无为的本性，也就具备了佛性。韦应物这种思想带着很浓的消极成分，应予批判。不过，从这首诗中可看出韦应物的禅学修养是很深的。

①神禹迹：传说中夏禹治水留下的遗迹。②相激：相撞击。③旧：故旧，朋友。

大禹治水

传说大禹是黄帝的后代，三皇五帝时期，黄河泛滥，鲧、禹父子二人受命于尧、舜二帝，负责治水。他父亲治理水患的方法是“堵”，面对凶猛的洪水，其结果自然是失败的。大禹在吸取父亲的经验教训后，采取疏导的原则，将各地洪水疏导进汪洋大海，从而取得良好的效果。在13年的治水生涯中，他身体力行，常年与民众奋斗在一线，留下“三过家门而不入”的美谈，最终完成治水大业。

嘉陵江

韦应物这首诗写的嘉陵江是在四川境内的，但嘉陵江是一条水系，并非只在四川境内。《水经注》二十（漾水）载：“汉水南入嘉陵道而为嘉陵水”，道出了名称的由来。嘉陵江的干流流经陕西省、甘肃省、四川省、重庆市，在重庆市朝天门汇入长江。四川境内，嘉陵江支流众多，流域面积超过1000平方公里的支流有8条（不含渠江、涪江的支流），其中白龙江、渠江、涪江流域面积均在8万平方公里以上。

不一样的韦应物

韦应物是个传奇人物，曾经是个飞扬跋扈的地痞流氓式人物，安史之乱后成为平静恬淡的唐诗大家。

韦应物出身于京兆韦氏逍遥公房，是长安关中地区的世家大族，他的曾祖父韦待价做过武则天朝的宰相。当年京城长安就流传着一首关于他们家族的歌谣：“城南韦氏，去天尺五。”意思是京城南郊有一个韦氏大家族。他们家那高高的门楼，离皇帝的家很近。韦应物在15岁时被选中担任唐玄宗的近身侍卫。想想看，皇上的贴身保镖要想寻衅作恶，别人能拿他有什么办法？“武皇升仙去”后，韦应物的人生发生了天翻地覆的变化，失去了靠山，成为人们欺凌的对象。但是他能够成功逆袭，虽然韦应物最终没有考上进士，他的才学和诗歌成就还是引起了朝廷的注意。从27岁任洛阳丞开始，先后担任了京兆府功曹参军、鄠县令、比部员外郎等京城官职外，有近30年时间担任滁州、江州、苏州刺史等地方主任官职。尤以担任苏州刺史时间最长，从52岁开始，至55岁去世，因此被称作“韦苏州”。

下列哪一首不是韦应物写的？（　　）

A.《寄全椒山中道士》　B.《滁州西涧》　C.《寄扬州韩绰判官》

感怀篇

卢照邻，字升之，幽州范阳（今河北省涿州市）人，“初唐四杰”之一。

行路难（节选）

［唐］卢照邻

君不见长安城北渭桥边，枯木横槎卧古田。
昔日含红复含紫，常时留雾亦留烟。
春景春风花似雪，香车玉舆恒阗咽。
若个游人不竞攀，若个倡家不来折。
人生贵贱无终始[①]，倏忽须臾难久恃。
谁家能驻西山日，谁家能堰东流水。
云间海上邈难期，赤心会合在何时。
但愿尧年[②]一百万，长作巢由[③]也不辞。

解读赏析
JIEDU SHANGXI

“辞情恳切。”

开头诗歌第一部分，“长安城北渭桥边”为虚指，即物起兴，从眼前横槎、枯木倒卧古田引起联想，“昔日”领起下文六句，对“枯木”曾经拥有的枝繁叶茂、溢彩流芳的青春岁月，进行淋漓尽致的铺陈与渲染。诗人以工整的结构、华丽的语言，为读者展现了初唐长安城内繁荣骄奢的生活。

第二部分从“人生贵贱无终始”到末句，由隐而显，喻体“枯木”显现为本体“人生”。“终始”指无限。转瞬即逝的人生与悠久无限的岁月，这对亘古不变的自然矛盾造成人们心灵的困惑，一系列抒情意象即由此展开。“谁家”以下（至“赤心会合在何时”）运用超时空框架，不断变换叙述角度，使生死枯荣的单一主题，形成多元层次与丰富内涵。最后两句“但愿尧年一百万，长作巢由也不辞”，尧年，代长寿；巢由，巢父与许由，古时隐士。“但愿”“长作”可见其辞情恳切。卢照邻因服丹中毒，手足痉挛，最终不堪恶疾所苦，自投颍水，这里似有忏悟，只祈求正常人的健康长寿，不奢求富贵荣华与长生不死。

①终始：指无限。②尧年：指长寿。③巢由：巢父与许由，古时隐士。

唐朝时长安有多繁荣

唐朝的长安是政治、经济、文化的中心，人口高达百万，是历史上第一个人口这么多的城市。面积很大，达80几平方公里，相当于明朝南京城的1.9倍，明清北京城的1.4倍。长安的商铺本来是日落就打烊，随着人数的增多出现了夜市，更多的外国人也成为长安商界的一部分。从人口数量、建筑等方面来看，长安都是当时无愧的大都市。

许由与巢父

上古时期的尧，想把帝位让给许由。许由是个以不问政治为“清高”的人，不但拒绝了尧的请求，而且连夜逃进箕山隐居。尧以为许由谦虚便又派人去请，说：“如果坚决不接受帝位，则希望能出来当个九州长。”不料许由听了这个消息立刻跑到山下的颍水边去掬水洗耳。许由的朋友巢父也隐居在这里，这时正巧牵着一头小牛来给它饮水，便问许由干什么。许由告知实情。巢父听了，冷笑一声说道：“你在外面招摇有了名声，这完全是你自讨的，还洗什么耳朵！算了吧，别玷污了我小牛的嘴！”说着，牵起小牛径自走向水流的上游去了。

天妒英才

卢照邻自幼聪慧，10余岁就以博学闻名，还善于写文章。曾与人比赛作《双槿树赋》，赋成之后被许多人传抄，一时长安纸价大涨。可惜卢照邻命途不好，一生都不顺畅。

他在邓王府干得好好的，不知道犯了啥事，被抓进局子里了。幸好邓王对他还不错，把他给保出来了，可也无法在那里待下去了，只好选择离开。之后卢照邻做了一任新都县公安局长，好景不长，他中风了。先是双脚痉挛，后来一只手也罢工了。手脚不灵便，怎么带领众捕快抓贼呀？卢局长只好主动请辞。为了治病他隐居太白山学道、炼丹，据说卢照邻还真炼出了能治病的丹，吃了自己炮制出的仙丹后，腰好腿脚好、吃嘛嘛香，走路也不抽筋了。可不巧赶上他老爹去世，卢照邻悲恸欲绝，把吃进去的丹给呕吐出来了，身体也垮了，简直一朝回到解放前。

之后他买田过日子，想做个隐士。可病情越来越重，一连10多年起不了床，最后终于失去与病魔斗争的勇气，跳入颍水结束生命，享年40岁。可见卢照邻的一生何其坎坷，真是天妒英才呀！

初唐四杰分别是（　　）

A. 王勃、杨炯、卢照邻、骆宾王　B. 王勃、杨炯、卢照邻、王洛宾　C. 王昌龄、杨炯、卢照邻、骆宾王

杜甫，字子美，自号少陵野老，唐代伟大的现实主义诗人，与李白合称“李杜”。

登　高

［唐］杜　甫

风急天高猿啸哀[①]，渚[②]清沙白鸟飞回。
无边落木[③]萧萧下，不尽长江滚滚来。
万里悲秋常作客，百年多病独登台。
艰难苦恨繁霜鬓，潦倒新停浊酒杯。

“起二句对举之中仍复用韵，格奇而变。”

此诗写于唐代宗大历二年（767年）秋天，诗人身居夔州，极度穷困。首联“风急”二字带动全联，成千古流传之佳句。诗人由高处转向江水洲渚，在水清沙白的背景上，点缀着迎风飞翔、不住回旋的鸟群，成一幅美妙的画图。“天”“风”“沙”“渚”“猿”等巧妙搭配，具有浓郁的地方特色。上下成对，读起来富有节奏感。沈德潜因有“起二句对举之中仍复用韵，格奇而变”的赞语。

颔联集中表现了夔州秋天的典型特征。“无边”“不尽”，使“萧萧”“滚滚”更加形象化，不仅使人联想到落木窸窣之声、长江汹涌之状，也无形中传达出韶光易逝、壮志难酬的感怆。颈联才点出一个“秋”字。“独登台”表明诗人是在高处远眺，把眼前景和心中情紧密地联系在一起。“常作客”，指出了诗人漂泊无定的生涯。“百年”，此处指暮年。诗人目睹苍凉恢廓的秋景，不由想到自己沦落他乡、年老多病的处境，故生出无限悲愁之绪。诗人备尝艰难潦倒之苦，国难家愁，使自己白发日多，再加上因病断酒，悲愁就更难排遣。本来兴味盎然地登高望远，此时却平白无故地惹恨添悲。

①猿啸哀：指长江三峡中猿猴凄厉的叫声。②渚（zhǔ）：水中的小洲；水中的小块陆地。③落木：指秋天飘落的树叶。

何来"浊酒"

"潦倒新停浊酒杯"中的"浊酒"到底是什么样的酒呢？我国饮酒历史久远，尧舜禹三代时就有澄酒，又称"清酒"，是久酿后又滤去酒糟的米酒；还有醴酒，又称"醪糟"，是短期内酿成的连糟糯米酒；再有香酒，又称"鬯"，是由郁金草合黑黍酿成的。这些酒有个共同的特点，就是浑浊。唐朝时要想喝到像现在一样清澈的酒很难，白居易所说的"绿蚁新醅酒，红泥小火炉"就是一种发绿的浊酒。

唐朝人登高习俗

古代相传下来的九月九日重阳登高的习俗，至唐五代时期愈益盛行。唐代，朝廷正式批准民间以重阳为节令，使得重阳登高愈加普及。据史书载，唐中宗曾于重阳节率群臣登高饮酒，并赋诗。唐代名医孙思邈则明确把重阳登高看成一项有益身心的活动，他在《千金要方·月令》中说："重阳之日，必以肴酒，登高远眺，为时宴之游赏，以畅秋志。酒必采茱萸、甘菊以泛之，既醉而归。"

夔州时期的杜甫

《登高》这首作品是杜甫在夔州时期所作，夔州是杜甫生活比较久的地方。杜甫在夔州最初居住的"客堂"，是在山坡上架木盖起的简陋的房屋。他到这里第一步的工作，就是按照夔州人民的习惯，用竹筒把水从山泉引到他居住的地方。又因为乌鸡能医治风痹，他养了许多鸡，并且催促他的长子宗文在墙东竖立鸡栅。

夔州是三峡里的山城，这里的山川既雄壮又险恶，杜甫爱用惊险的文字描画它们。他一再歌咏的是白帝城，他感到这座城是"江城含变态，一上一回新"（《上白帝城二首》之一）。

此外，杜甫还记录了很多夔州人民的生活。他看见夔州的许多女子因为男丁缺乏，到了四五十岁还没有结婚，她们每天到山上砍柴维生。人们不深究原因，只说，她们面貌丑陋，所以找不到丈夫，杜甫却反过来问："若道巫山女粗丑，何得此有昭君村？"（《负薪行》）他看见峡中的男子，少数富有的驾着大船经商，大多数贫穷的终生充当劳苦的船夫，人们说，这里的人都器量狭窄，只图眼前的利益，杜甫也反过来问："若道士无英俊才，何得山有屈原宅？"（《最能行》）峡中人民大部分过着穷苦可怜的生活，而夔州却是阔绰的贾客胡商必经之地，这两种生活的对照杜甫也观察得十分仔细。

下列哪首作品不是杜甫在夔州期间所作？（　　）

A.《茅屋为秋风所破歌》　B.《八阵图》　C.《白帝城最高楼》

苏轼，字子瞻，号东坡居士，北宋文学家、书画家、美食家。

慈湖夹阻风[①]

［宋］苏　轼

捍索[②]桅竿立啸空，篙师酣寝浪花中。
故应菅蒯[③]知心腹，弱缆能争万里风。
此生归路愈茫然，无数青山水拍天。
犹有小船来卖饼，喜闻墟落在山前。
我行都是退之诗，真有人家水半扉。
千顷桑麻在船底，空余石发挂鱼衣。
日轮亭午汗珠融，谁识南讹长养功。
暴雨过云聊一快，未妨明月却当空。
卧看落月横千丈，起唤清风得半帆。
且并水村欹侧过，人间何处不巉岩[④]。

解读赏析
JIEDU SHANGXI

“画龙点睛之笔。”

提到苏轼，人们就会想到他豁达乐观的心性，以及宠辱不惊的心态。苏轼的生平事迹表现如此，他的作品更是如此。这首《慈湖夹阻风》借助日常景物表现作者直面现实、不避艰险、随遇而安的人生态度。

慈湖夹在今安徽当涂县北，此诗是作者贬谪赴英州（今广东英德）途中所写。作者此时虽然身处逆境，但是能够以豁达的心态面对当前的处境，充分显示了他辽阔的胸襟。在“弱缆能争万里风”这句诗中，发出了诗人内心的呼唤，“弱缆”也能搏击“万里风”浪。这恰是作者自身的写照：虽然我是一贬再贬，但是只要我心中有信念，自然可以行万里路。“犹有”一句表达了诗人乐观的心态，在官场失意的情况下，作者能有如此心境，值得我们敬佩。

全诗的精华是后四句。“阻风”是乘船为风浪所阻的意思。“起唤清风”是指有经验的老船工，在审察风势将转时，往往长啸呼唤，使人感到风转是由呼唤而来。“欹侧”是歪斜的意思，指船行不平稳，寓指人生道路不平坦。最后一句“人间何处不巉岩”最见精妙，从中可以感受到诗人的豁达与大度，将诗歌的主题由个人境遇升华到对人生的感悟，起到画龙点睛的作用。

①慈湖夹在当涂境，作者于绍圣元年（1094 年）南行过此时作。② 捍索：船桅两旁的索。③ 菅（jiān）蒯（kuǎi）：草绳，用以编缆。④ 巉岩：山石险峻。这里借喻人生道路难行。

苏轼与当涂

苏轼一生四次途经当涂，二次登门拜访郭祥正。郭祥正19岁中进士，历任秘书阁校理、星子县主簿、德化尉、桐城县令等。55岁时辞去官职，回到当涂，隐居青山。其人一生爱好诗文，苏轼与其交往甚厚，一次苏轼结束当涂之行与郭祥正（功甫）辞别之时，在《功甫帖》中留下墨宝“谨奉别功甫奉议”字样。后在2013年美国纽约苏富比“中国古代书画精品”拍卖会上，《功甫帖》拍了822.9万美元（约合当时人民币5036万元）。

李白与当涂

唐代大诗人李白一生“好入名山游”，他游览名山大川，一次又一次入住当涂，最终定居当涂，终老于当涂，在当涂留下50多首脍炙人口的诗篇。李白为什么这么眷恋当涂，最终还定居在当涂呢？首先当涂依江横贯东西，在地理位置上有非常重要的意义，李白第一次来到当涂就有《望天门山》传世。此外当涂风景宜人，境内横山、龙山、青山等都留下了李白的足迹和诗文。还有就是当涂的美酒，《赠汪伦》就是最好的佐证。

赴宴吟诗“吞六国”

苏轼20岁的时候，到京师去科考。有六个自负的举人看不起他，决定备下酒菜请苏轼赴宴打算戏弄他。苏轼接邀后欣然前往。

入席尚未动筷子，一举人提议行酒令，酒令内容必须要引用历史人物和事件，这样就能独吃一盘菜。其余五人轰声叫好。

“我先来。”年纪较长的说，“姜子牙渭水钓鱼！”说完捧走了一盘鱼。

“秦叔宝长安卖马！”第二位神气地端走了马肉。

“苏子卿贝湖牧羊！”第三位毫不示弱地拿走了羊肉。

“张翼德涿县卖肉！”第四个急吼吼地伸手把肉扒了过去。

“关云长荆州刮骨！”第五个迫不及待地抢走了骨头。

“诸葛亮隆中种菜！”第六个傲慢地端起了最后的一盘青菜。

菜全部分完了，六个举人正准备兴高采烈地边吃边嘲笑苏轼时，苏轼却不慌不忙地吟道：“秦始皇并吞六国！”说完把六盘菜全部端到自己面前，微笑道：“诸位兄台请啊！”六举人呆若木鸡。

下列哪样菜肴不是苏轼发明的？（　）

A. 东坡肉　　B. 东坡肘子　　C. 东坡面条

王守仁，字伯安，号阳明，明代著名思想家、文学家、哲学家和军事家。

泛 海

［明］王守仁

险夷原不滞胸中，
何异浮云过太空？
夜静海涛三万里，
月明飞锡[①]下天风[②]。

“自尊无畏。”

王阳明的首要身份是哲学家，《泛海》这首诗意态潇洒，有一股正义的豪情，表达了王阳明淡然世间荣辱的洒然心态，与他哲学家的身份相吻合。

首句中的“原”说明人世一切的艰难挫折，诗人原本就不放在心中，万物的变化只不过如同浮云掠过太空一样，在心中留不下任何痕迹。尽管这海上风云变色、巨浪滔天，只要我心不为所动，这大浪又算得了什么？此两句诗充分表现了王守仁坚毅无畏的品质，同时反映了王守仁的哲学观：“戒慎不睹，恐惧不闻，养得此心纯是天理。”三、四两句中，诗人进一步描写了自己心中此时的感受，在“静谧”而辽阔的大海上，自己就好像手拿着锡杖，驾着天风，在月光下飞越“海涛三万里”，这惊涛骇浪中命悬一线的惊险航程，在诗人笔下竟成了如此富有诗意的一次旅行。《泛海》这首诗体现了诗人洒脱的心胸和强烈的自信，以及诗歌背后所蕴藏的深刻哲理。章太炎评价王阳明心学时曾说过四个字“自尊无畏”，这四字从《泛海》中得到了较好的体现。

① 飞锡：锡杖，即和尚的禅杖。
② 天风：天地之正气的意思。

锡杖

锡杖为比丘行路时所应携带的道具，属比丘十八物。其形状分三部分，上部即杖头，由锡、铁等金属制成，呈塔婆形，附有大环，大环下亦系数个小环。中部为木制；下部或为镎、镈、铁等金刚所造，或为牙、角造。摇动时，会发出锡锡声。在后来很多小说中锡杖成为僧人的一种法器，如《西游记》中唐僧手持的九锡禅杖，在某种意义上僧人手持的锡杖具有降妖伏魔的功能。

背景链接

公元1506年（明武宗正德元年），王守仁在仕途上遇到了一次严重的挫折。当时皇帝朱厚照昏庸无道，朝中宦官刘瑾专权，戴铣、薄彦微等官员上疏劝谏被下狱捉拿。王守仁仗义执言，结果被廷杖四十，投入大牢，还被谪贬为贵州龙场驿驿丞。如此，刘瑾还派人暗中跟踪王守仁，准备路中进行暗杀。王守仁急中生智，做出投江自杀的假象，并题下绝命诗一首，骗过了尾随的杀手，搭上了前往福建的商船。不料，当他坐船行于海上，却遇上大风暴，船只几乎倾覆。王守仁正于此时写下了这首著名的《泛海》。

王阳明名字的由来

王阳明小的时候叫王云，传闻王阳明母亲怀胎十四月才生下他。

据说当时他奶奶做了一个梦，梦见天上阳光明艳，祥云缭绕，诸多神仙身着绯红衣服，击鼓吹箫，乐声悠扬，其中一位仙人怀抱一婴儿，脚踩祥云，从空中徐徐而降，径直朝着王家而去，将婴儿送其祖母怀中。

仙人说：此子授汝。奶奶说：吾已有子，儿媳终日孝敬公婆，请将此子授予她吧。仙人说：可以。奶奶忽然听到龙吟虎啸之声，她一下醒来，起身到中庭，耳朵里的金鼓之声还未停息。她立即将此梦讲于爷爷，梦刚讲完王阳明便出生了。

爷爷王华很是惊讶，所以最早给他取名叫王云。然而王云出生后一直不会讲话，直到五岁那年，有一天他和小朋友们在门外玩耍，爷爷坐在不远处的竹椅上，这时奇事发生了，一位高僧突然走来摸了摸守仁的头说："可惜，名字不好，道破了！"

王华便请高僧看看，改什么名好。高僧表示云是说的意思，守仁是不说话的意思。果然一改名字小孩便说话了，据说还一口气背出了王华平时读的书。

下列哪一个思想观点是王阳明提出的？（　　）

A. 格物致知　　B. 知己知彼，百战不殆　　C. 知行合一

唐寅，字伯虎，自号六如居士，吴县（今属江苏）人，明代著名的画家、诗人。

画　鸡

［明］唐　寅

头上红冠不用裁①，
满身雪白走将来。
平生不敢轻言语②，
一叫千门万户③开。

“轻易不鸣，鸣则动人。”

这是一首题画诗，描绘了雄鸡优美高洁的形象，赞颂了轻易不鸣、鸣则动人的品格，也表现了诗人的精神面貌和思想情怀。

“头上红冠不用裁，满身雪白走将来”写出了公鸡的动作、神态。头戴无须剪裁的天然红冠，一身雪白，兴致冲冲地迎面走来。诗人运用了描写和色彩的对比，勾画了一只冠红羽白、威风凛凛、相貌堂堂的大公鸡。在第一句里，诗人更着重的是雄鸡那不用装饰而自然形成的自然美本身，称颂这种美为“不用裁”。“满身雪白”是从全身描写公鸡雪白的羽毛。大面积的白色羽毛与公鸡头上的大红冠相比，色彩对比强烈，描绘了雄鸡优美高洁的形象。最后一句写公鸡的心理和声音。诗人拟鸡为人揭开了它一生中不敢轻易说话的心理状态：它一声鸣叫，便意味着黎明的到来。后两句用拟人法写出了雄鸡在清晨报晓的情景，动静结合，运用了诗歌的艺术手法，使两句产生了强烈的对比，树立了雄鸡高伟的形象，表现了公鸡具备的美德和权威。这首诗是作者内心世界的真实写照，也是他理想与抱负的写照。

①裁：裁剪，这里是制作的意思。② 言语：这里指啼鸣，喻指说话，发表意见。③千门万户：指众多人家。

在众多的古诗文中直接写鸡的不多，而唐伯虎这首诗中鸡是主角。这与他生活的年代有一定关系，受社会风气所影响，明朝人喜欢斗鸡，上至达官贵人，下至贩夫走卒，都有喜好斗鸡的人。例如，明朝的天启皇帝朱由校就好斗鸡，并在龙山脚下设立斗鸡组织斗鸡社。明代有些地方的斗鸡徒还成立了社团，切磋交流斗鸡之培育和训练的经验。这极大地促进了“斗鸡事业”的发展壮大，也让人们对鸡有了新的认识。

明朝传说中的鷟

据传在京城有农户家里的公鸡重达40斤。40斤的重量绝对不可能体现在一只鸡的身上。因此此事一出周围的人全部上前围观。而后一个传说中的高人路过此地时，竟然号啕大哭。随后便说大明将亡，他说这个东西不是公鸡，而是传说中的鷟，鷟一出现王朝就会灭亡，这是从古留下的说法。听到此事之后，大家都十分惶恐。果然过了不久明朝皇帝崇祯帝去世，这样一个大好的王朝就灭亡了。

唐伯虎的故事

明代才子唐伯虎风趣幽默，常常妙语连珠。

有一次，一户当官人家的老太太过90大寿，儿女为了讨母亲欢心，就准备了一份厚礼，请唐伯虎来为老太太作祝寿诗助兴，唐伯虎爽快地答应了。第二天唐伯虎果然准时赴约，等客人们喝酒喝得正高兴的时候，主人就邀请唐伯虎当场作诗。唐伯虎也不推辞，站起来用手指着老太太高声吟道：“这老太太不是人。”老太太顿时满脸生气，极为难堪，众宾客也大吃一惊，怎么才子开口就骂人呢？莫不是酒喝多了说胡话？儿子也满面不高兴，客厅里顿时鸦雀无声。唐伯虎似乎没有注意到别人的反应，稍停片刻，慢慢吟出第二句“九天仙女下凡尘”。“好！”众宾客齐声喝彩，个个转忧为喜，儿女喜笑颜开，90岁的老太脸上也乐开了花。想不到唐伯虎又指着坐在老太太周围的儿孙吟出了第三句：“儿孙个个都是贼。”全场空气像要凝固一样，主人好不尴尬，老太太的儿孙们个个满面怒容，恨不得马上把这个人赶走。又停片刻，唐伯虎指着八仙桌上的寿桃，一句一顿地吟出最后一句：“偷得蟠桃献娘亲。”“好诗！好诗！”众宾客一齐喝彩，掌声如潮。

人们常说：“一句话说得人跳，一句话说得人笑。”唐伯虎的诗既让人跳，也让人笑。这是为什么呢？这就是语言文字巧妙组合后的魅力。

下列不是唐伯虎绘画作品的是？ （ ）

A.《落霞孤鹜图》 B.《富春山居图》 C.《春山伴侣图》

杜甫，字子美，自号少陵野老，世称“杜工部”“杜少陵”等。

戏为六绝句·其一

［唐］杜　甫

庾信①文章老更成②，
凌云健笔③意纵横。
今人嗤点流传赋，
不觉前贤畏后生。

“庾信平生最萧瑟，暮年诗赋动江关。”

《戏为六绝句》作于上元二年（761年），是一组以诗论诗的论诗绝句。此是第一首，论的是南北朝时期北周文学家庾信。庾信是南阳新野（今河南）人，历仕西魏、北周，官至骠骑大将军、开府仪同三司，善诗歌、骈文。

庾信年轻时的作品绮艳轻靡，与徐陵皆为当时宫廷文学代表人物，其诗词作品时称“徐庾体”。暮年所作，在内容上有了明显的变化，如《哀江南赋》等，感伤遭遇，并对当时社会的动乱有所反映，风格也转为萧瑟苍凉，杜甫曾有“庾信平生最萧瑟，暮年诗赋动江关”之句赞之。

在本诗中，第一、二句“庾信文章老更成，凌云健笔意纵横”即指庾信晚年作品这种内容、风格上的变化：健笔凌云，纵横开阔，更为成熟。第三、四句杜甫则是批判当时一些文人（“今人”）对庾信所流传诗赋嗤笑指点的不正确态度，用“前贤”也感到“后生可畏”这样的反语对这些人加以嘲讽。

①庾信：南北朝时期的著名诗人。②老更成：到了老年就更加成熟了。③凌云健笔：高超雄健的笔力。

庾信其人

庾信（513—581），字子山，小字兰成，是南北朝时期著名文学家。其父庾肩吾为南梁中书令，亦以文才闻名。庾信“幼而俊迈，聪敏绝伦”，自幼随父出入于萧纲的宫廷，后来又与徐陵一起任萧纲的东宫学士，成为宫体文学的代表作家。曾奉命出使西魏，因梁为西魏所灭，遂留居北方，官至车骑大将军、开府仪同三司。隋文帝开皇元年（581年）老死北方，年六十九。

庾信其诗

庾信是由南入北的最著名的诗人，他饱尝分裂时代特有的人生辛酸，却结出“穷南北之胜”的文学硕果。他的文学成就，也昭示着南北文风融合的前景。他的《枯树赋》《哀江南赋》《马射赋》都是当时名篇，他本人也是著名的宫体诗人。唐朝诗界巨擘杜甫对其赞不绝口，赞扬好友李白时顺便赞扬庾信“清新庾开府”，还满怀深情地说“庾信文章老更成，凌云健笔意纵横”，评价不可谓不高。

唐朝时最真实的杜甫

讲到唐朝的诗歌，我们自然会想到杜甫，他被后人尊为“诗圣”，其诗歌被称为“诗史”，在一定程度上反映了当时社会的风貌。唐朝时期的杜甫是否也像今天一样被我们推崇呢？历史文献会还原当时最为真实的一面。

杜甫经历了唐玄宗、唐肃宗和唐代宗三朝。唐玄宗天宝三年（744年），国子监的太学生芮挺章编选三卷本《国秀集》，收录作者88人，收诗220首，杜甫无一首入选。喜爱诗歌的唐宪宗曾下令编选了当时名家诗选《御览诗》，共收诗286首，入选最多者是卢纶（32首）和李益（36首），杜甫无一首入选。也有学者据此认定杜甫在唐代不入流。此外唐朝时流行五绝和七绝，杜甫不喜欢写这些，他钟情于五言排律。他的五言排律有两大特点。一是篇幅特别长，常是二十韵、三十韵，甚至一百韵。二是用典故特别多。有一位古代学者说过：“杜甫的五言排律，只有那些年过五十岁，饱读诗书的老人才能看懂。一般的人根本看不懂。”百姓不喜欢看，他自然也就没有多大的市场了。还有就是杜甫喜欢写揭露社会黑暗面的诗歌，所以基本也不讨皇帝喜欢。

知识小问答

下列不属于杜甫代表作“三吏”的是（　　）

A.《临川吏》　　B.《石壕吏》　　C.《潼关吏》

张九龄，字子寿，韶州曲江（今广东韶关市）人，出生于世代仕宦家庭。

感遇十二首·其九

［唐］张九龄

抱影吟中夜，谁闻此叹息。
美人[①]适异方，庭树含幽色。
白云愁不见，沧海飞无翼。
凤凰一朝来，竹花斯可食。

“上追汉魏，下开盛唐。”

《感遇十二首》是张九龄被贬荆州后所作，也是后世文人学界公认的张九龄代表作。在这些诗歌中，张成功地运用传统的比兴寄托手法，继承和发扬了《诗经》《离骚》的假托讽喻精神，摒弃前朝绮艳文风，风格质朴劲简，后人给予很高评价，被认为是“上追汉魏，下开盛唐”，开启一代新诗风。未贬荆州之前，张说评说张九龄的诗歌特点为“如轻缣素练，实济时用，而微窘边幅”，即是说张的诗作重实用性，在题材和境界上还需要提升拓展；被贬荆州后，郁愤自省中，诗人创作出以《感遇十二首》为代表的诗歌，杜甫的评价是“诗罢有余地，篇终语清省”，弥补了“微窘边幅”的不足，成为张创作生涯的转折点和亮点。

本诗是其中之九。“谁闻此叹息”一句让读者思考为何而“叹息”，这与作者被贬的经历是分不开的。“白云愁不见，沧海飞无翼”写出了诗人内心的郁闷，天空飘浮的白云无暇欣赏，是因为内心有“愁”，想飞越沧海却没有翅膀。诗人的抱负理想在被贬的事实下，又怎么能实现呢？唯有期待“凤凰”的来临，“竹花斯可食”。虽然诗人心中郁闷，但是希望还在，也是对未来的一种期盼。

①美人：喻指理想中的同道者。

荆州与三国

在《三国演义》中，荆州是提到比较多的一个地方，可见其在历史上的重要性。荆州是汉文典籍《禹贡》所描述的汉地九州之一，大体相当于今湖北湖南二省全境。荆州在汉朝为十三刺史部之一，辖境相当于湘鄂二省及豫桂黔粤一部分；汉末以后辖境又逐渐减小。东晋定治江陵，为当时及南朝长江中游重镇。赤壁之战后，曹操、刘备、孙权三家分荆州：曹操占据南阳、南郡二郡，刘备占据长江以南的零陵、桂阳、武陵、长沙四郡，孙权则占据江夏郡。

竹花能吃吗

据说竹花开过后，便结成竹米，竹米可以食用，炒后十分美味。不过竹子开花结实是较为罕见的现象，史书上常有记载。竹米不易得到，所以又被抹上一层神秘色彩，传说中竹米是凤凰之食，古代有凤凰“非梧桐不栖，非竹实不食”之说。《本草纲目》中载：“竹米，通神明，轻身益气。”竹米颜质正如《太平广记》描载：“其子粗，颜色红，其味尤馨香。”珍贵胜过粳糯米。煮了当饭吃，既为稀奇食物又为保健膳品，可以尊之为“绿色食品之贵族”了。

张九龄被贬

在张九龄的仕途生涯中，遇上唐玄宗既是他的幸运，也是他的不幸。

他辅弼玄宗成就了初唐时期著名的“开元之治”，晚年的唐玄宗却最终疏远张九龄。

张九龄为人正直，处事公允，喜欢评论朝政的得失。李林甫为人虚伪，喜欢讨好唐玄宗，玄宗欲使李林甫为相，张九龄恳切地奏谏，称此人心地虚伪，不宜担当重任。玄宗不但听不进去他的任何政见，而且嫌其碍手碍脚，专找麻烦，反而将李林甫举荐的牛仙客擢升为尚书，干预政事。

喜好奉迎巴结的唐玄宗，对于蕃将出身的范阳节度使安禄山十分宠信，打算以其出任御史大夫，张九龄经常劝谏玄宗，要他提防安禄山，玄宗不听。不久，安禄山率军讨伐契丹，打了败仗，张九龄对玄宗奏曰：“禄山失律丧师，于法不可不诛。”玄宗欲宽宥安禄山，驳回了张九龄的奏议。后来玄宗喜欢上了极爱谄媚逢迎的李林甫，并最终任他为相。为了打击报复，张九龄就被李林甫、牛仙客排挤出朝廷，被罢职贬谪到了荆州。

“风度得如九龄否”出自谁？（　　）

A. 唐太宗　　B. 唐玄宗　　C. 唐肃宗

本章知识小问答答案

第 105 页　正确答案：B. 不是

第 107 页　正确答案：C. 渴望归隐

第 109 页　正确答案：C.《钗头凤·朝中措》

第 111 页　正确答案：B. 元好问

第 113 页　正确答案：B. 落霞与孤鹜齐飞

第 115 页　正确答案：C.《上山采蘼芜》

第 117 页　正确答案：C. 王铎、倪元璐、黄道周

第 119 页　正确答案：C. 春宵苦短日高起

第 121 页　正确答案：C.《寄扬州韩绰判官》

第 123 页　正确答案：A. 王勃、杨炯、卢照邻、骆宾王

第 125 页　正确答案：A.《茅屋为秋风所破歌》

第 127 页　正确答案：C. 东坡面条

第 129 页　正确答案：C. 知行合一

第 131 页　正确答案：B.《富春山居图》

第 133 页　正确答案：A.《临川吏》

第 135 页　正确答案：B. 唐玄宗

忧思篇

『春花秋月何时了？往事知多少。』『人生如寄，何事辛苦怨斜晖。』忧思诗多是诗人或夜不能寐，或愁思难排，忧从中来，多表达的是对光阴流逝、对生命感到有限，或者志业无成、生命之价值尚未能实现，从而衍生出一种内心愤懑、悲凉、寂寞、忧虑的复杂感情。

李煜，字重光，号钟隐、莲峰居士，彭城（今江苏徐州）人，五代十国时南唐国君。

虞美人① · 春花秋月何时了

［五代］李 煜

春花秋月何时了？往事知多少。
小楼昨夜又东风，故国不堪回首月明中。
雕栏玉砌②应犹在，只是朱颜改③。
问君能有几多愁？恰似一江春水向东流。

解读赏析 JIEDU SHANGXI

“只一‘又’字，宋元以来抄者无数，终不厌烦。”

这首词是作者的代表作，流传至今。首句“春花秋月何时了”表明词人身为阶下囚，怕春花秋月勾起往事而伤怀。“春花秋月”本是美好，作者却殷切企盼它早日“了”却；小楼“东风”带来春天的信息，却反而引起作者“不堪回首”的嗟叹，因为它们都引发了作者物是人非的怅触，衬托出他囚居异邦之愁。“往事知多少”，回首往昔，作者心中有的不只是悲苦愤慨，多少也有悔恨之意。“小楼昨夜又东风，故国不堪回首月明中。”诗人身居囚屋，听春风，望明月，愁绪万千，夜不能寐。一个“又”字，表明此情此景已多次出现，衬托出内心痛苦，明代有人评价这首词“只一‘又’字，宋元以来抄者无数，终不厌烦”。

“雕栏玉砌应犹在，只是朱颜改。”含着李后主对国土更姓、山河变色的感慨。“问君能有几多愁？恰似一江春水向东流。”诗人先用发人深思的设问，点明抽象的本体“愁”，接着用生动的喻体即奔流的江“水”作答。用满江的春水来比喻满腹的愁恨，极为贴切形象，不仅显示了愁恨的悠长深远，而且显示了愁恨的汹涌翻腾，充分体现出奔腾中的感情所具有的力度和深度。

①虞美人：原为唐教坊曲，后用为词牌名。②砌：台阶。③朱颜改：指所怀念的人已衰老。朱颜，红颜，少女的代称，这里指南唐旧日的宫女。

“虞美人”由来

“虞美人”作为词牌名由来已久。相传虞美人花与美人虞姬有关。楚汉相争，西楚霸王兵败乌江，听四面楚歌，自知难以突出重围，便劝所爱的虞姬另寻生路。虞姬执意追随，拔剑自刎，香消玉殒。虞姬血染之地，长出了一种鲜红色的花，后人便把这种花称作“虞美人”。后人钦佩美人虞姬节烈可嘉，创制词曲时，便常以“虞美人”三字作为曲名，以诉衷肠。“虞美人”因此逐渐演化为词牌名。

李煜之死

978年七月初七，李煜的生日。他举办了一个小型宴会，让乐工们演唱了自己刚填的一首词，这就是流传千古的《虞美人》。有人听后，告知了宋太宗赵光义，赵光义认为他是“人还在心不死”，想复辟变天，于是，就命秦王赵廷美赐他牵机毒酒将他毒死。南唐最后一任皇帝，也是被誉为“千古词帝”的李煜就这样去了，死时年仅42岁，被葬在洛阳邙山。

名人万花筒
MINGREN WANHUATONG

莫名其妙就当皇帝的李煜

皇帝是很多人都梦想当的，对于李煜来说，却是稀里糊涂地当上了皇帝。

李煜是南唐元宗的第六个儿子，自小就精通书法，通音律，在诗词歌赋上有一定的造诣，本来前面有五个哥哥在等着呢，皇位是没他什么事的。岂料唐元宗的次子到五子皆因意外去世，李煜便成了次子，估计连他自己也感到意外。长兄李弘冀为皇太子，太子人好猜忌，老是怕他人谋得皇位，尤其是防范李煜。李煜才不想当皇帝呢，他只想好好地吟诗作画，逍遥自在，为了表达自己的衷心，李煜不仅从来都不参与朝政，还为自己取号“钟隐”来表达自己的志向并不在储君之上。

公元959年，多疑的皇太子等不及皇位，就杀了与自己有皇位威胁的一个叔父，但没过多久他也暴毙。李煜就稀里糊涂地成了长子，成为太子的唯一人选了。有朝中的大臣劝谏皇上李煜并不是合适的太子人选，唐元宗不仅没有听取意见，还借由流放了此官员。登基后的李煜并没有致力于国事，而是每天沉醉在艺术的殿堂，或者整日与妃子们饮酒作乐，对朝政不闻不问。面对周边各国的摩拳擦掌他视而不见，直到北方的敌人一天天逼近，他才开始惶惶不安，但是太迟了。

下列哪一句不是出自李煜作品？（　　）

A. 自是人生长恨水长东　　B. 剪不断，理还乱，是离愁　　C. 天生我材必有用

项羽，名籍，下相（今江苏宿迁西南）人，西楚霸王，后自杀于乌江。

垓下[1]歌

［秦］项　羽

力拔山兮[2]气盖世，
时不利兮骓[3]不逝。
骓不逝兮可奈何，
虞兮虞兮奈若何。

“慷慨激烈，有千载不平之余愤。”

项羽被称为霸王，给人勇猛的形象，这首诗歌让我们看到了另一个霸主形象。

首句塑造了一个举世无匹的英雄形象。在中国古代，“气盖世”是说他在这些方面超过了任何一个人。“力拔山”三字显示了一种具体、生动的效果，首句虚实结合的手法，他把自己叱咤风云的气概生动地显现出来。第二、三句却笔锋一转，这位盖世英雄突然变得苍白无力。由于天时不利，他所骑的那匹乌骓马不能向前行进了，这使他陷入了失败的绝境而无法自拔，只好徒唤“奈何”。项羽知道自己的灭亡已经无可避免，但他没有留恋、悔恨、叹息。唯一忧虑的，是他的挚爱——美人虞姬的前途；毫无疑问，在他死后，虞姬的命运将会十分悲惨。于是，尖锐的、难以忍受的痛苦深深地啮着他的心，他无限哀伤地唱出了这首歌的最后一句：“虞兮虞兮奈若何。”

这首诗是项羽面临绝境时的悲叹，在这简短的语句里包含着无比深沉的、刻骨铭心的爱。虞姬也很悲伤，眼含热泪，起而舞剑，边舞边歌，唱道：“汉兵已略地，四方楚歌声。大王意气尽，贱妾何聊生？”歌罢，自刎身亡，非常悲壮。

朱熹评曰：“慷慨激烈，有千载不平之余愤。”

①垓（gāi）下：古地名，在今安徽省灵璧县南沱河北岸。②兮：文言助词，类似于现代汉语的“啊”或“呀”。③骓（zhuī）：项羽坐骑乌骓马。

虞姬是何人

虞姬，生活于秦朝末年，人称“虞美人”。据《江西吉安庐陵项氏家谱》记载：虞后生时五凤鸣于宅，异香闻于庭，生于丁丑（公元前224年）卒于己亥（公元前202年），葬彭城。虞姬是西楚霸王项羽的爱姬，相传容颜倾城，才艺并重，舞姿美艳。曾在四面楚歌的困境下一直陪伴在项羽身边，史书中虽然没有介绍虞姬的结局，但后人根据项羽所作的《垓下歌》推断出她在楚营内自刎。由此上演了一场“霸王别姬”的美丽传说。

乌骓马

乌骓马是项羽的坐骑，此马号称天下第一骏马。通体乌黑，油光放亮，四个蹄子部位白如雪，其背长腰短而平直，四肢健壮有力，名唤“踏云乌骓”。据说“乌骓”当初被捉到时，野性难驯。项羽刚喊“乌骓”，就扬鞭奔跑，一林穿一林，一山过一山。这马非但没把他摔下，反倒汗流如注，精疲力竭。霸王不慌不忙骑在马上，忽然用手紧抱住一树干，想一下把马压制得动弹不得，谁知“乌骓”也不甘示弱，拼死挣扎，结果那树连根都离开了山土，“乌骓”总算被霸王的“拔山”之力折服，心甘情愿地供霸王驱使了一生。

项羽兵败原因

项羽兵败的原因众说纷纭，我们不妨简单归纳下：

1.缺乏长远的眼光。没有称王的野心，只愿回到家乡做一个西楚霸王，而打下来的土地，他都封赏给了一路追随着他的下属和各方诸侯，经过连年战争，天下本就四分五裂，百姓流离失所，项羽却没有认识到当时的情况，只是目光短浅地盘踞在一方。

2.不听范增之言。项羽为人刚愎自用，不愿意相信身旁亚父范增的劝诫诛杀刘邦，而是将刘邦打发到遥远的汉中地带画地为牢，将刘邦困拘一地不得东出。但是他万万没有想到刘邦早已有了一统天下的野心，刘邦得到韩信相助后一举东出开启了与项羽之间的争夺天下的拉锯战。

3.不该解甲东归。在鸿沟之约后，项羽解而东归，导致没有为后来的战事做好充分的准备，没有及时联系楚军后方，导致后勤补给难以供应。这是项羽为将者犯的第一个重大错误。

4.没有充分估量对手的实力。韩信曾经追随过项羽，是项羽的部下，对项羽的为人有充分了解，但是项羽没有认识到韩信的真正实力，他盲目自大，将营帐驻扎在垓下，妄想在此以少量兵力战胜韩信，重写当初巨鹿之战和彭城之战的辉煌历史。就因为他盲目轻敌，导致错信了韩信的调虎离山计，中了埋伏，最后全军大败。

下列哪场战役让项羽一战成名？（　　）

A. 巨鹿之战　　B. 彭城之战　　C. 垓下之战

柳永，字耆卿，又称柳七，北宋著名词人，婉约派代表人物。

八声甘州·对潇潇

［宋］柳 永

对潇潇[1]暮雨洒江天，一番洗清秋。
渐霜风凄紧[2]，关河冷落，残照当楼。
是处红衰翠减，苒苒物华休。
惟有长江水，无语东流。
不忍登高临远，望故乡渺邈，归思难收。
叹年来踪迹，何事苦淹留[3]？
想佳人妆楼颙望[4]，误几回、天际识归舟。
争知我，倚阑杆处，正恁凝愁！

解读赏析 JIEDU SHANGXI

“壮丽秋景与凄冷伤感合二为一。”

此词开头两句写雨后江天，澄澈如洗。“对”字写出登临纵目、望极天涯的境界。“渐霜风”句以一个“渐”字，领起四言三句十二字。“渐”字承上句而来，紧接用“渐”字，让人感觉风霜到来的动态感。“紧”字为上声，气氛声韵写尽悲秋之气。“冷”字又有层层逼紧。“凄紧”“冷落”，双声叠响，具有很强的艺术感染力，紧接一句“残照当楼”，悲秋之感自然流露。“是处红衰翠减，苒苒物华休。”词意由苍莽悲壮，而转入细致沉思，处处皆是一片凋落之景象。“无语”二字乃“无情”之意，蕴含百感交集的复杂心理。

“不忍”句点明背景是登高临远，云“不忍”，又多一番曲折，多一番情致。下阕妙处于词人善于推己及人，本是自己登高远眺，却偏想故园之闺中人，应也是登楼望远，企盼游子归来。“倚阑干”与“对”“当楼”“登高临远”“望”“叹”“想”，相互辉映。词中登高远眺之景，皆为“倚闺”时所见；思归之情又是从“凝愁”中生发；而“争知我”三字化实为虚，使思归之苦、怀人之情表达得更为曲折动人。景情融为一体，壮丽秋景与凄冷伤感合二为一。

①潇潇：风雨之声。②霜风凄紧：秋风凄凉紧迫。霜风，秋风。凄紧，一作“凄惨”。③淹留：久留。④颙（yóng）望：抬头远望。

"红衰翠减"由来

宋朝人都喜欢填词，上至达官贵族，下至贩夫走卒，都可以是填词高手。柳永无疑是宋朝比较璀璨的一颗明珠。他的词取材生活，仿佛随手拈来又能引起读者共鸣。柳永的伟大之处还在于能够将前人的名句信手拈来，放在自己的作品中，从而增加诗词的魅力。这首《八声甘州·对潇潇》中的"红衰翠减"就是借用唐代李商隐《赠荷花》中的"此花此叶常相映，红衰翠减愁杀人"。虽是前人诗句，但一点不影响其作品的伟大。

柳永有多伟大

宋朝是词的天下，词也就是当时最流行的文学形式，柳永是当时的集大成者。据说当时的歌馆楼台，舞女歌伎都争相传唱其作品。宋代所用的880多个词调中，有100多调是柳永首创或首次加以使用的。词至柳永，体制始备。令、引、近、慢，单调、双调、三叠、四叠等长调短令，日益丰富。他在词上的创新是前无古人后无来者的，可以说若无柳永，宋代的词就不会有当时那样的繁荣。所以说柳永在词上的伟大，是所有人仰望的。

都是才华惹的祸

每个人都会在失意的时候发发牢骚，表达心中的不满情绪。柳永也是如此，可他太有才华了，发牢骚时的作品也被广为流传，从而葬送了自己的大好前程。

柳永本生在为官世家，自小又接受儒学思想教育，18岁的柳永就走上了慢慢赶考之路。他是有真本领的，因此对科考还是蛮有信心的，可现实是残酷的，他没有中。想到当初立下"定然魁甲登高第"的言论，他羞愧不已，于是写下牢骚之作《鹤冲天》，大概意思是没有取得状元，也是朝廷错失了良才，还不如随心所欲，浪迹江湖来得自在，所以宁可从此不要这浮名，将其换成手中的美酒和耳畔的妙音。

要怪就怪他太有才了，太有名声了，这首《鹤冲天》不仅在民间广为流传，皇帝也看到了。皇帝能高兴吗？后来柳永又去考试，本已高中，可仁宗皇帝一看到榜单中柳永的名字就气不打一处来，这柳永不是说不要浮名吗？怎么又跑来考试了？他不是要浅吟低唱吗？那就让他去填词吧。自此柳永在科举路上注定失败，试想若不是名气太大，太有才华，他的作品就不会被皇帝看到，他的人生可能是另外一番景象。

相传柳永是奉旨作词的，他是奉哪个皇帝的旨意作词的？（　　）

A. 宋仁宗赵祯　　B. 宋太祖赵匡胤　　C. 宋徽宗赵佶

朱熹，字元晦，号晦庵，徽州府婺源县人，19岁进士及第。

水调歌头·隐括[①]杜牧之齐山诗

［宋］朱 熹

江水浸云影，鸿雁欲南飞。
携壶结客[②]何处？空翠渺烟霏。
尘世[③]难逢一笑，况有紫萸黄菊，堪插满头归。
风景今朝是，身世昔人非。
酬佳节，须酩酊[④]，莫相违。
人生如寄，何事辛苦怨斜晖。
无尽今来古往，多少春花秋月，那更有危机。
与问牛山客，何必独沾衣。

"洗尽千古头巾俗态。"

词人登上秋山后，倒映在江水中的无限秋景映入眼帘，此时仰头又见大雁欲飞向南方度过寒冷的冬天。紧接着，词人自问"携壶结客何处"，答的却是"空翠渺烟霏"。语间似答非答，表明醉翁之意不在酒，而在那烟雾缭绕漫山碧翠中。今日可以登山，还可以把紫萸、黄菊插满头，玩得尽兴了再回去。"风景今朝是，身世昔人非"颇有几分及时行乐的意味。

"酬佳节，须酩酊，莫相违"，好似词人当面劝酒，要同行宾客趁着这良辰美景酩酊大醉一番，有不要浪费美好光阴之意。"人生如寄，何事辛苦怨斜晖"一句，把人生在世比作寄生，既然它如白驹过隙倏忽而过，何苦对着落日余晖自伤自怜？之后词人的思想穿越古今，词境顿然开阔。他想到古往今来，沧海桑田，有无数的春花开了又谢，亦有无数的月亮盈了又缺。在词人看来这些都是大自然的恒定变化，也正是因为这种循环变化的存在，自然才有了源源不断的生机。"那更有危机"是说如果能够明白这样的道理，就不会再有危机感。

"与问牛山客，何必独沾衣"化用春秋齐景公的典故，是诗人一种无可奈何的自我安慰。明代文学家薛瑄评道："气骨豪迈，则俯视苏辛；音节谐和，则仆命秦柳。洗尽千古头巾俗态。"

① 隐括：指对原有作品的内容、语言加以剪裁、修改而成新篇。② 结客：和客人们一起登山。③ 尘世：即人生。④ 酩酊：大醉貌。

齐景公登牛山

有一年齐景公登牛山，北望国都临淄，流着泪说：“若何滂滂去此而死乎！”流露出一种无法挽回逝去时间的伤感。朱熹作为宋代理学的集大成者，跳出了悲观的角度，以更为积极的心态看待万事万物。一句“何必独沾衣”巧妙地解决了齐景公的问题：人世无常，变幻难定，无人幸免，并非只有你一人才有伤感的，所以人生无须太执着。原本是一种悲伤的语调，经过朱熹的点化后，就有了积极的意义，可谓点石成金。

齐山

齐山属于山东淄博，位于淄博市淄川区太河镇政府南5公里，占地总面积36平方公里，最高海拔868米。这里风景优美，人文资源独特，常年吸引各地游客慕名前往，是全国唯一一家以齐文化为主题的自然观光风景区。景区以齐文化为底蕴，优美的自然风光与深厚的人文景观珠联璧合，相互辉映，为世人描绘出一幅优美生动的写意山水画。

科学家朱熹

朱熹是宋代理学家的代表，但历史上真实的朱熹并不仅仅如此。自宋代开始，几乎所有重要的社会重建运动，都有理学家热诚参与，或者由理学家倡导、领导。令大家想不到的是，朱熹还是一位对宇宙充满好奇，并保持着终生思考的天文学家。

童年时期，朱熹就一直在思考“天地四边之外，是什么物事”？这样的思维促使他寻找当时能够找到的答案，直到他遇到《梦溪笔谈》后，才彻底被这本书打动了。《梦溪笔谈》是北宋政治家、科学家沈括（1031—1095）撰，是一部涉及古代中国自然科学、工艺技术及社会历史现象的综合性笔记体著作，英国科学史家李约瑟评价为“中国科学史上的里程碑”。内容涉及天文、数学、物理、化学、生物等各个门类学科，其价值非凡，在宋代堪称一部内容翔实的百库全书。朱熹对这本书爱不释手，不仅把这本书背得滚瓜烂熟，而且在与朋友、弟子的谈话中，多次提到《梦溪笔谈》，并且无数次引用《梦溪笔谈》，可见他对这部作品的喜爱之情。李约瑟对朱熹在自然科学方面的工作和成就相当肯定，他说：“朱熹是一位深入观察各种自然现象的人。”并对朱熹在解释雪花何以呈六角形时将雪花与太阴玄精石的比较予以高度评价，称之“预示了后来播云技术的发展”。李约瑟还认为“朱熹是第一个辨认出化石的人”，比西方早400多年。

下列思想内容中，不属于“程朱”理学范畴的是？（　　）

A. 人性二元论　　B. 格物致知论　　C. 兼爱非攻

《古诗十九首》之一，最早见于《文选》。

东城高且长

［汉］佚　名

东城高且长，逶迤自相属。
回风动地起，秋草萋[①]已绿。
四时更变化，岁暮一何速！
晨风怀苦心，蟋蟀伤局促。
荡涤放情志，何为自结束？
燕赵多佳人，美者颜如玉。
被服罗裳衣，当户理清曲。
音响一何悲！弦急知柱促。
驰情整巾带，沉吟聊踯躅。
思为双飞燕，衔泥巢君[②]屋。

解读赏析 JIEDU SHANGXI

“凡人心慕其人，而欲动其人之亲爱于我，必先自正其容仪。”

诗歌的开头，不仅描述诗人目击的景象，其中还隐隐透露着诗人内心的痛苦骚动。生活竟如此重复、单调，变化的只有匆匆逝去的无情时光。想到人的生命，就如这风中的绿草一般，繁茂的春夏一过，便又步入凄凄的衰秋，诗人能不惊心而呼：“四时更变化，岁暮一何速！”眼前的凄凄秋景，引发出诗人对时光速逝的震竦之感。由虫的鸣叫作者明白自然界的一切生命，都受到了时光流逝的迟暮之悲，加强了诗人对人生的一种思索和意念：与其处处自我约束，等到迟暮之际再悲鸣哀叹，不如早些涤除烦忧、放开情怀，去寻求生活的乐趣。这就是突发于诗中的浩然问叹：“荡涤放情志，何为自结束？”

自“燕赵多佳人”以下，即上承“荡情”之意，抒写诗人的行乐之境。最妙的是“驰情整巾带，沉吟聊踯躅”一句，关于这两句写的指何人，照张庚的说法：“凡人心慕其人，而欲动其人之亲爱于我，必先自正其容仪……以希感到佳人也”（《古诗十九首解》）。“驰情”可视为佳人的神态，佳人“当户”理琴，并非孤身一人。此刻对面有人为她凝神而视，多情的佳人面对着诗人的忘形之态，也不觉心旌摇荡了。

①萋：通作“凄”。②君：指歌者。

九都洛阳

九朝古都特指洛阳，“九朝”因乾隆帝御批嵩阳书院大门对联中的“九朝都会”而得名。

九在古代被认为是最大的数字，泛指数量之多。洛阳实则为十三朝古都，是四大古都中建都年代最早、建都时间最长、建都朝代最多的古都之一。洛阳是丝绸之路的东方起点和隋唐大运河的中心枢纽城市，与雅典、麦加和耶路撒冷并称为世界四大圣城。洛阳拥有着5000多年文明史、4000多年建城史和1500多年的建都史，先后有22个朝代政权建都于此，被誉为“千年帝都，牡丹花城”。

“神都”由来

“神都”之名是从“神州”演变来的。“神州”一词最早见于战国时期的《五德终始说》：“中国名曰赤县神州。”“神州”当时是指“中央之神”黄帝、后土居住的地方。古书上载“神州，洛阳也”。早在东晋、北魏时期，洛阳就被称为“神京”。《晋书·王导传》记载王导的话：“当共戮力王室，克服神京。”而后来武则天改洛阳为“神都”，意为“君权神授”，是为方便自己更名正言顺地当上皇帝而改。

《古诗十九首》中的叠字

提到汉朝的诗歌，不得不说的就是《古诗十九首》。这19首诗歌几乎代表了汉代的诗歌水平，虽然到现在都不知道作者是谁，而且每一首古诗也都没有各自的题目，但是并不妨碍它们在古典诗词史上的地位。在这19首诗歌中，最大的特点就是叠字的运用，但是这些叠词的出现，并没有让诗歌觉得啰唆，反而增添了诗歌的艺术成就。

古诗词的字数有严格的限制，在有限的篇幅内要表达出诗歌的主题，一般都避免重复出现的字词，而《古诗十九首》中，作者似乎是有意而为之。我们不妨看看以下的诗句：《行行重行行》中“行行重行行，与君生别离”，《青青河畔草》中“青青河畔草，郁郁园中柳。盈盈楼上女，皎皎当窗牖。娥娥红粉妆，纤纤出素手”，《青青陵上柏》中“青青陵上柏，磊磊涧中石。……洛中何郁郁，冠带自相索”，《涉江采芙蓉》中“还顾望旧乡，长路漫浩浩”，这些运用叠字的作品都流传千古，可见《古诗十九首》的艺术魅力之高。这种写作手法对后世的影响也很大，很多诗人都运用叠字，如崔颢的“晴川历历汉阳树，芳草萋萋鹦鹉洲”，白居易的“一道残阳铺水中，半江瑟瑟半江红”。当然，最著名的莫过于李清照的“寻寻觅觅，冷冷清清，凄凄惨惨戚戚”。

洛阳被誉为“十三朝古都”，下列哪个朝代没有在洛阳建都？（　　）

A. 夏朝　　B. 西周　　C. 南宋

白居易，字乐天，号香山居士，唐代伟大的现实主义诗人。

放言五首·其五

［唐］白居易

泰山不要欺毫末，颜子无心羡老彭。
松树千年终是朽，槿[①]花一日自为荣。
何须恋世常忧死，亦莫嫌身漫厌生[②]。
生去死来都是幻，幻人哀乐系何情。

“生去死来都是幻。”

在这首诗中白居易对人生的认识有了新的高度，对人们解读白居易的思想有很好的借鉴作用。作者一生虽然不顺，但是在其作品中对人生的感悟，还是很积极的。首句借用“泰山、老聃、彭祖”具有很好的代表性，当时人们认为泰山是最雄伟的，老子和彭祖都是道家学派的代表人物，既流露出作者的道家思想，也反映了当时社会的宗教意识。随后以“松树”与“槿花”形成对比，表达了千年与一天都是一种生活方式，新陈代谢是宇宙的根本规律，是不以人的意志为转移的。自然是这样，人生更是这样，有生有死，所以我们不要因为外界而过于悲观。人应该是“何须恋世常忧死，亦莫嫌身漫厌生”。面对死亡不要悲观，要认识到这是一种自然规律，是符合世界发展规律的。最后一句是作者内心的真实感悟，这是建立在作者多年的漂泊生涯基础上的。

①槿（jǐn）：即木槿花。开花时间较短，一般朝开暮落。②嫌身：嫌弃自己。漫：随便。厌生：厌弃人生。

老聃其人

老聃即老子，姓李名耳，字聃，春秋末期人，生卒年不详。出生于周朝春秋时期，中国古代思想家、哲学家、文学家和史学家，道家学派创始人和主要代表人物。在道教中，老子被尊为道教始祖，并称之为“太上老君”。在唐朝，老子被追认为李姓始祖。其存世作品有《道德经》，是全球文字出版发行量最大的著作之一。据统计，在世界文化名著中，译成外国文字出版发行量最大的是《圣经》，其次就是《道德经》。

彭祖是谁

提到历史上谁的寿命最长，彭祖是无法绕开的人物，据说他活了800岁！虽然现在人们的生活水平、医疗水平比古代都有了很大的进步，活到80岁是比较普遍的，但是要活到800岁就有点异想天开了。彭祖的800岁有点不合自然规律，但是相关文献中确有彭祖记载。关于是否有彭祖其人，是否真的活800岁众说纷纭，但是有一点是肯定的：彭祖是一个长寿之人，因此他也成为长寿的代名词。

彭祖为何长寿

庄子在《逍遥游》中这样写道：“上古有大椿者，以八千岁为春，八千岁为秋，此大年也。而彭祖乃今以久特闻，众人匹之，不亦悲乎？”这句话中提到了一个寿星——彭祖。传说彭祖活了800岁，这比神龟还牛了！不过，事实果真如此吗？

彭祖，先秦道家先驱之一。姓籛（jiǎn）名铿（一作彭铿），在《庄子》和《太平寰宇记》中均有记载。“殷之贤臣彭祖，颛顼之玄孙，至殷末，寿七百六十七岁，今墓犹存，故邑号大彭焉。”那彭祖究竟为什么能长寿呢？

相传彭祖原名彭十，寿命只有10岁，等到了10岁那年，有次他正吃面饼时，夜叉来捉彭祖了，夜叉说：“你阳寿已尽，快快随我前去地府报到吧。”彭祖说：“你看我才刚满10岁，怎么就阳寿已尽了呢？我一个小孩也没啥东西给你的，就送你这块饼吧。”夜叉虽常到人间捉人，可还没有吃过人间的饼，一尝之后觉得太好吃了，于是就将彭十改为彭千，意思是能过1000岁。后因踏坏麦苗，罚减200，故活800岁。这自然是传说，不过也有说上古时期，也就是彭祖生活的年代每60天（一个甲子周期）为一岁，那么这一算，彭祖年龄也就是现在的120~130岁。当然，在缺少食物医疗技术的古代可以这么长寿不得不说是个奇迹了！

下列名句不是出自白居易诗歌的是？（ ）

A. 可怜九月初三夜　　B. 长恨春归无觅处　　C. 大漠孤烟直

《诗经》，我国古代最早的一部诗歌总集。

鸱　鸮[1]

［先秦］佚　名

鸱鸮鸱鸮，既取我子，无毁我室。
恩斯勤斯，鬻[2]子之闵[3]斯。
迨天之未阴雨，彻彼桑土，绸缪牖户[4]。
今女下民，或敢侮予？
予手拮据[5]，予所捋荼。
予所蓄租，予口卒瘏，曰予未有室家。
予羽谯谯[6]，予尾翛翛[7]，予室翘翘。
风雨所漂摇，予维音哓哓[8]！

“凤毛麟角的《鸱鸮》。”

先秦时期的寓言诗并不多，若要追溯源头，还得首推这首在“诗三百篇”中也属凤毛麟角的《鸱鸮》。首句“鸱鸮鸱鸮，既取我子，无毁我室”，母鸟目睹“鸱鸮”洗劫它的巢穴，掠走它的雏鸟，发出凄惨的呼号。但母鸟并没有沉浸在悲哀中，在哀伤中抬起了刚毅的头颅：“迨天之未阴雨，彻彼桑土，绸缪牖户。”它要趁着天晴之际，赶快修复破巢。第二章主要写母鸟修复破巢的场景，“彻彼”叙其取物之不易，“绸缪”状其缚结之紧密。三、四两章宜作一节读。这是母鸟辛勤劳作后的痛定思痛，更是对无法把握自身命运的凄凄泣诉。“予手拮据”“予口卒瘏”“予羽谯谯”“予尾翛翛”：遭受奇祸的母鸟终于重建了自己的巢窠，充满勇气地活了下来。但是，这坚强的生存，对于孤弱的母鸟来说，是付出了巨大代价的。最后一句以“哓哓”的鸣叫，喊出了不能掌握自身命运的母鸟之哀伤。本首诗可以看作一首寓言诗，是下层人民悲惨情状的形象写照。

①鸱鸮（chī xiāo）：猫头鹰。②鬻（yù）：育。③闵：病。④牖（yǒu）：窗。户：门。⑤拮（jié）据（jū）：手病，此指鸟脚爪劳累。⑥谯（qiáo）谯：羽毛疏落貌。⑦翛（xiāo）翛：羽毛枯敝无泽貌。⑧哓（xiāo）哓：惊恐的叫声。

鸱鸮

“鸱鸮”就是我们现在所说的猫头鹰，是一种比较凶猛的鸟类。猫头鹰大多栖息于树上，部分种类栖息于岩石和草地上。猫头鹰绝大多数是夜行性动物，昼伏夜出，白天隐匿于树丛岩穴或屋檐中，不易见到。夜行种类猫头鹰，一旦在白天活动，常飞行颠簸不定有如醉酒状。猫头鹰的食物以鼠类为主，也吃昆虫、小鸟、蜥蜴、鱼等动物。

关于猫头鹰的传说

我国民间有“夜猫子进宅，无事不来”“不怕夜猫子叫，就怕夜猫子笑”等俗语，常把猫头鹰当作“不祥之鸟”，称为逐魂鸟、报丧鸟等，古书中还把它称为怪鸱、鬼车、魑魂或流离，当作厄运和死亡的象征。产生这些看法的原因主要是由于猫头鹰嗅觉灵敏，能够闻到病入膏肓的人身上的气味，并且会发出笑声，很多地方在听到猫头鹰叫声后数日之内会死人确实不是迷信，所以猫头鹰就被叫作报丧鸟。另外，猫头鹰在黑夜中的叫声像鬼魂一样阴森凄凉，使人更觉恐怖，古时又称它为“恶声鸟”，《说苑·鸣枭东徙》中有“枭与鸠遇，曰：我将徙，西方皆恶我声……”的寓言故事。此外，猫头鹰昼伏夜出，飞时像幽灵一样飘忽无声，常常只见黑影一闪，也使对其行为不甚了解的人们很容易产生种种可怕的联想。

《诗经》的历史地位

《诗经》，我国古代最早的一部诗歌总集，收集了西周初年至春秋中叶（前11世纪至前6世纪）的诗歌，共311篇。其中6篇为笙诗，即只有标题，没有内容，称为笙诗六篇（《南陔》《白华》《华黍》《由庚》《崇丘》《由仪》）。《诗经》反映了周初至周晚期约500年间的社会面貌。《诗经》作者绝大部分已经无法考证，传为尹吉甫采集、孔子编订。在先秦时期称为《诗》，或取其整数称《诗三百》。西汉时期被尊为儒家经典，始称《诗经》，并沿用至今。

诗经在内容上分为《风》《雅》《颂》三个部分。《风》是周代各地的歌谣；《雅》是周人的正声雅乐，又分《小雅》和《大雅》；《颂》是周王庭和贵族宗庙祭祀的乐歌，又分为《周颂》《鲁颂》和《商颂》。

《诗经》的艺术成就很高，特别是其风格，对后世的诗歌影响很大，很多诗人都有模仿《诗经》中作品的经历。后人将《诗经》的主要写作风格概括为六个字，即《诗经》“六义”：风、雅、颂、赋、比、兴，这对现在的诗歌作品仍有相当大的影响。

知识小问答

下列选项中与《诗经》里的“风”无关的是？（　）

A. 风雅　　B. 民间　　C. 国风

司马相如等数十人创作的“十九章之歌”，即《郊祀歌》。

日出入

［汉］佚　名

日出入安穷[①]？时世不与人同。
故春非我春，夏非我夏，
秋非我秋，冬非我冬。
泊如四海之池[②]，遍观是邪谓何？
吾知所乐，独乐六龙，
六龙[③]之调，使我心若。
訾黄[④]其何不徕[⑤]下。

“锻字刻酷，炼字神奇。”

《日出入》是《郊祀歌》中的一章，祭的是日神。太始三年（前94年）二月，武帝晚年东巡齐地、礼日成山时所作。也有认为此诗是汉武帝元鼎五年（前112年）时的作品。

首句从日之运行起笔，后句则一折，抒写人们的惆怅之情，意蕴极为深长。接着“故春非我春”四句，思致奇崛，极富哲理意味。这种“非我”境界的发现，从某种程度上说是人的觉醒，蕴含着参透宇宙消息的旷达之思。“泊如四海之池”二句，则承上而下，进一步抒写人寿短促之感。前句将慨叹之情寓于形象的比喻，便使年寿短促之形，愈加逼真地显现于眼前；后句故作两可之问，又使潜台的答词愈加确信无疑。如此说来，人们注定要在戚戚悲愁中了结一生了。而接着一反此意：“吾知所乐，独乐六龙。六龙之调，使我心若。”那驾驭六龙的日神，正是与天地同生而年寿无穷的。当人们虔诚祭祀日神之际，谁都怀着美好的希冀：倘若有幸得到日神的福佑，能够像他一样调御六龙以巡天，该有何等欢乐！

有人评价此作“锻字刻酷，炼字神奇”，也确实如此，诗歌中的每一个字都能感受到遣词造句的功夫。

①安穷：何有穷尽。②四海之池，即谓四海。③六龙：古代传说日车以六龙（龙马）为驾，巡行天下。④黄：指乘黄，传说中龙翼马身之神马名。⑤徕（lái）：同“来”。

古人为何崇拜太阳

在古代皇帝被称为天子，意为上天的儿子。可见古人对天是非常崇拜的，为何要崇拜天呢？古时候人类最害怕的是黑暗，黑暗就意味着寒冷、疾病、灾难，再加上一些大型食肉动物也多是晚上活动，当时没有很好的防御措施，自然是比较害怕的。黑暗就意味着危险的来临，所以人们都希望得到光明，而太阳就自然而然成为最好的崇拜对象了。此外植物的成长离不开太阳，也就是没有太阳农作物就无法生长，因此太阳在日常生活中也作用很大。

六龙驾车

中国古代对天与龙的崇拜达到了一定的高度，所有的中国人都可以称之为龙的传人，龙也成为人们心中的图腾，古代帝王穿的衣服，皇宫中的图文、雕刻都有龙的踪迹，足见人们对龙的重视。诗歌中提到的六龙驾车的传说最早见于《离骚》：“吾令羲和弭节兮，望崦嵫而勿迫。”在古神话传说中，太阳乘坐六龙牵拉、由羲和驾驭的车，每日在天上行走。现以“羲和驭日”借指日月旋转，周而复始，比喻时光易逝。“六龙驾车”的故事也流传下来，在一些古代文献中人们喜欢以“六龙驾车”代替“羲和驭日”。

《郊祀歌》

司马相如等数十人创作的“十九章之歌”，即《郊祀歌》19章，保存在《汉书·礼乐志》中。《郊祀歌》19章的创作时间，据萧涤非先生所论，以《朝陇首》为最早，作于元狩元年（前122年），以《象载瑜》为最晚，作于太始三年（前94年），两者前后相距28年之久。《练时日》《赤蛟》为迎送神曲，《帝临》《青阳》《朱明》《西颢》《玄冥》五首分祀中、东、南、西、北五帝，《帝临》为中央之帝即黄帝，“帝临中坛，四方承宇”，其余四首代表着春、夏、秋、冬四季之神；《惟泰元》《五神》祀太一神；《天地》《日出入》祀日神；《后皇》《华烨烨》祀后土，《天门》记封禅望祠蓬莱，《天马》《景星》《齐房》《朝陇首》《象载瑜》等为颂瑞之作。

这些诗篇反映了武帝时代的文治武功，如《帝临》“海内安宁，兴文偃武”、《惟泰元》“灭除凶灾……九夷宾将”，同时体现了武帝本人追求游仙长生的个人色彩，如《日出入》以太阳运行、四季无穷而人生有限的强烈对比，表达羽化登仙的强烈愿望。

下列关于《郊祀歌》说法不对的一项是？（　　）

A.《练时日》《赤蛟》为送神曲　B.《惟泰元》《五神》祀太一神　C.《天马》《景星》等为颂瑞之作

张惠言，清代词人、散文家，“乾嘉易学三大家”之一。

相见欢·年年负却花期

［清］张惠言

年年负却①花期！
过春时，只合②安排愁绪送春归。
梅花雪，梨花月，总相思。
自是春来不觉去偏知。

“春来不觉去偏知。”

南唐后主李煜的《相见欢》我们都不陌生，这首清人的《相见欢·年年负却花期》是惜春词，表达作者看到的美景总是稍纵即逝，让人留恋不已，感叹春光之易逝。词写出了所有人的共同感受“春来不觉去偏知”，这样的妙句自然能够成为千古名句，太能抓住人心了，道出了千百年来人们共同的心理感受。整首作品给人无尽的想象，把我们带入春光无限的大自然中，“梅花雪，梨花月，总相思”写尽春愁，耐人寻味。

作为一首惜春词，作者主要运用了直抒胸臆、借物抒情的手法。首句“年年”二字透露出一种自责的心情，由于错过美好春光，因而每每满怀愁绪，二、三句进一步强化这种惆怅。下阙用梅花雪、梨花月这两幅象征春景的图画来渲染惜春之情。美景总是稍纵即逝，让人留恋不已。于是感叹春光之易逝，“自是春来不觉去偏知”，伤春惜时之情达到顶点。从写作上看全词一唱三叹，读者仿佛窥见一个身影徘徊叹息于春过之时。在情绪上，由自责到惆怅到渴望到无奈，层次分明，突出了一个“愁”字。作为“常州词派”的开山鼻祖，张惠言特别推崇比兴寄托，而这首词却直抒胸臆，情感质朴感人，实不多见。

①负却：犹辜负。②只合：只得，只当。

清代词的发扬

我们所知道的是词在宋朝达到了顶峰，涌现了一大批杰出的词人，其实清朝的词也是很有分量的。清代词的中兴不是起源于清代，而是起源于明代。词在元明二代近400年的微衰，在明末突然发出耀眼的光芒，这与涌现一大批优秀的词人是分不开的。这些优秀的词人不仅继承了前人的成果，还结合各自的生平事迹，进行了必要的加工。尤其是纳兰性德等人的作品，一下子将清词推向了全新的高度。所以我们在讲到词的时候，不要忽视清朝的作品，它同样能给我们耳目一新的感觉。

张惠言与阳湖文派

清朝时期的桐城派散文在文坛影响极盛之际，阳湖文人恽敬、武进文人张惠言在接受桐城派影响的同时，提出了一些不同的主张，世称阳湖派。在总体上是以桐城派为宗，和桐城不同处在于，除了取法《六经》、唐宋八大家外，兼取法子、史、杂家，在许多方面有突破。他们对桐城派大家都有批评。阳湖文派的宗旨是“当事事为第一流”。这个宗旨也是常州文人“仁义精神、至高追求、澹定文风、坚贞操守”精神的核心理念和实践规范。经过长期的发展，阳湖文派成为与桐城文派分庭抗礼的文学流派。

阳湖文派的起源

阳湖派与桐城派之间的关系，学界大多从张惠言的学术渊源来考察，却忽略了王灼其人的影响。王灼是桐城派仅次于姚鼐之后的重要代表，在当时非常有名气。研究张惠言的人普遍认为，张惠言通过王灼才接受刘大櫆的古文思想，这种说法有一定道理。

张惠言生于常州，长于常州，受常州传统学术文化氛围之影响自是必然。优秀的作家或学者，其彰显于世者往往都不可能是单一的，张惠言即是如此。就其古文创作而言，桐城派对他的影响无疑是极其深远的。但是他们之所以能开创新的学派，与他们自身的文化理念有相当大关系。阳湖派的起源是从张惠言和王灼的交往开始孕育的，他们两人的相识源于二人同在歙县坐馆。当年常州饥荒，徽州的金姓人家是大户，出于对张惠言文采的欣赏，为解张的危机，故聘请来家中坐馆，此时的王灼已经在徽州坐馆有年了。随着张惠言在徽州名声日盛，请他坐馆的人自是越来越多，在他中举之前在徽州坐馆八年，这八年时间他与王灼交往甚密，充分了解了桐城派思想。应该讲阳湖派是在徽州王灼的引导下萌发其思想根源的。

下列不属于阳湖派代表人物的是？（　　）

A. 恽敬　　B. 李兆洛　　C. 刘大櫆

王夫之，字而农，号姜斋，明清三大思想家之一。

清平乐·咏雨

［清］王夫之

归禽响暝[1]，隔断南枝径。
不管垂杨珠泪迸，滴碎荷声千顷。
随波赚杀[2]鱼儿，浮萍乍满清池。
谁信碧云深处，夕阳仍在天涯？

解读赏析

JIEDU SHANGXI

“分明是词人抚世伤心的热泪！”

王夫之生活于明末清初，世人称之为船山先生。作者的一生基本上都生活于清朝，但是他一直以明遗臣自居，写此词时，永历小朝廷偏安西南一隅，中国大部分土地在清政权统治之下。王夫之隐居世外，著书立说，仍然怀着强烈的民族感情，对永历政权存在一线希望。这首词从不同角度描写所看到黄昏时的雨，开篇“归禽响暝”点明时间，从“隔断”看雨下得非常大。接下来直接从形态、声响写下雨，然后间接写雨落在池中的情状。最后写望中所希冀的景物：“碧云深处，夕阳仍在天涯。”雨中的景物是客观存在的，但王夫之没有实际看到，只是他的联想，因此是虚的。通过虚写这一景物，把船山对在风雨飘摇中摇摇欲坠的永历王朝所寄予的希望表现得非常含蓄，有了这样的结尾，前边雨景的描写显然有某些象征意义了。这哪里是在咏雨，分明是词人抚世伤心的热泪！假写池中鱼儿，骂尽天下随波逐流浮沉之辈。结尾既是富有哲理的人生感悟，更是对世态炎凉的深沉感喟。

①暝：指空漾灰暗的天色。②赚杀：赚煞。意谓逗煞。言雨滴水面，鱼儿疑为投食，遂被赚接喋。

永历西狩

南明永历帝朱由榔（1623—1662年）是明王朝的最后一个皇帝。他是明神宗（万历帝）朱翊钧之孙，桂王朱常瀛之子，崇祯年间受封为永明王。1646年11月，受明朝大臣丁楚魁、吕大器、陈子壮等人拥戴为监国，接着称帝于广东肇庆，年号永历。依照习惯，本文也将其简称为永历。他在位15年，后被清兵追逼，逃入缅甸，为吴三桂索回，绞杀于昆明。在中国古代，因为有“为尊者讳”的传统，皇帝流亡不说是逃亡，而说是“巡狩”。因此永历及其小朝廷向西流亡，也就是“永历西狩”了。

王夫之

王夫之（1619—1692），字而农，号姜斋，湖南衡阳人。崇祯十五年（1642年）举乡试。曾依桂王，奔走反清复明。后隐衡阳石船山，筑土室曰“观生居”，学者称其“船山先生”。著作《船山遗书》324卷，至道光、同治年间始传于世。王夫之是世界上著名的思想家、哲学家、史学家、文学家、美学家之一，为湖湘文化的精神源头，与黑格尔并称东西方哲学双子星座、中国朴素唯物主义思想的集大成者、启蒙主义思想的先导者，与黄宗羲、顾炎武并称为明末清初的三大思想家。

王夫之给女儿的嫁妆

世人多称王夫之为船山先生。有一年，船山先生的大女儿要出嫁了，当时社会上非常讲究陪送女儿的嫁妆。王家世代做官，家底殷实，人们都想知道他家的嫁妆。

预定的婚期一天天临近了，女儿心里着急，但又不好意思问父亲。后来几位热心的邻居来到王家，问嫁妆料理的情况，船山先生说：“多谢各位费心，我为女儿的嫁妆早就准备了，现在基本料理完了。”“那嫁妆在哪儿呀，我们看看?”有的邻居一听，不由得睁大眼睛四下寻找起来。可是，屋子里空荡荡的，没见什么显眼的东西。看到客人们不明白的神色，船山先生摸了摸花白的胡须，告诉大家：“不急，不急，等我女儿出嫁的那天，你们再来看吧！”

女儿的婚期到了。看热闹的人把王家围了个严严实实，这时候，船山先生捧出一个涂着红漆的小木箱子，亲手交给女儿，郑重其事地说：“这就是我给你准备多年的嫁妆。”里边原来是书和稿纸！他语重心长地说：“好闺女，你平时勤奋好学，很对我的心意。这里是我一生研究的学问，它会教你怎样做一个有骨气、有出息的人的。什么金银财宝也比不上有用的知识啊！”听了父亲的这番话，女儿恍然大悟，让人抬着那个红漆木箱恭恭敬敬地和父亲告别。

下列哪个名句不是出自王夫之作品?（　　）

A. 清风有意难留我，明月无心自照人　B. 留千古半分忠义，存大明一寸江山　C. 天下兴亡，匹夫有责

邓剡，字光荐，号中斋，南宋末年爱国诗人、词作家。

浪淘沙·疏雨洗天清

［宋］邓　剡

疏雨洗天清。枕簟[①]凉生。
井梧一叶做秋声。
谁念客身[②]轻似叶，千里飘零。
梦断古台城。月淡潮平。
便须[③]携酒访新亭。
不见当时王谢宅，烟草[④]青青。

“亡国之音，袅袅不绝。”

至元十六年（1279年），邓剡在崖山被俘虏，并与文天祥一同被押解北上，在途经建康时，邓剡作了此词。“疏雨洗天清。枕簟凉生。井梧一叶做秋声”，写出盛极而衰的人生哲理。宋室覆亡，故国不在，如瑟瑟寒秋，令人心灰神懒。室内枕席生凉，是实写秋天到来天气生凉，气候更替，室外井桐落叶，既是报秋，又勾起词人对自己身世的感叹，深含怀古之情。“谁念客身轻似叶，千里飘零。”暗喻作者对邦国沦亡的悲哀之情。“千里”是概括在广东被俘到建康的旅程。

词的下阙，“梦断古台城。月淡潮平”，无限哀思难以排解。一梦醒来发觉古台城上梦也凄凉。词人的心境本来就很哀伤，但醒来见月色暗淡，海潮泛起，禁不住自己也心潮澎湃，心里更加凄怆。梦醒之后，只能去“便须携酒访新亭”。王导在当年的新亭会上，还主张“戮力王室，克服神州”，但词人和文天祥都做了俘虏，宋王朝已彻底亡矣。“不见当时王谢宅，烟草青青。”邓剡对世事无常、朝代兴亡的感慨，因为真实的遭遇而显得格外深沉，结句移情入景，寓激于婉，凄苦的亡国之音，袅袅不绝。

①枕簟（diàn）：枕头和竹席。②客身：流落之身。南唐李煜《浪淘沙》词：“梦里不知身是客。”③便须：即便。④烟草：被烟岚笼罩着的草色。

邓剡——文天祥最忠实的追随者

邓剡是景定三年（1262年）进士及第，后隐居在家。左丞相江万里多次要他出来做官，他都谢绝。而文天祥起兵勤王，他却举家参加。后来家中老幼12口死于广东香山兵燹，他仍奔赴前线。祥兴二年（1279年），崖山海战时，陆秀夫抱帝赴海死，邓剡也悲愤投海，但两次都被元兵捞起。张弘范劝降，被拒绝。于是将邓剡和文天祥一同押送元都燕京。邓因病重被留在金陵就医。文天祥在柴市英勇就义后，邓剡忍着病痛折磨撰写了一系列纪念文天祥的诗文，也是第一个为文天祥作传的人。其当之无愧是文天祥最忠实的追随者。

宰相王导

王导是东晋初年的宰相。一次王导与那些北方逃难过江而建立东晋的同僚在南京郊外新亭饮宴。因当时北方领土沦陷在匈奴人刘曜之手，故而座中周岂页发出了山河沦陷，“风景不殊，正自有山河之异”之感叹。闻后在座的宾客尽皆相视流泪，独王导见此情景，愀然变色地说：“当共戮力王室，克复神州，何至作楚囚相对？”王导的话慷慨激昂，批评了在座同僚消极悲观的情绪。虽然只有这么简短的几句话，却把王导为人鹤立鸡群、见识不凡的形象生动地表现了出来。

崖山之战

邓剡作此词，是在崖山之战被俘以后。德祐元年（1275年）元月，元兵大举入侵，南宋危急。祥兴二年（1279年）二月，元将张弘范率领数万精兵，追杀南宋朝廷，在新会崖门海域展开了一场历时20多天的海战，史称“崖山之战”。

此战之后，宋军覆灭，将领陆秀夫背着小皇帝投海自尽。大批忠诚者追随其后，10万军民跳海殉国，从此宋朝退出了历史的舞台，蒙元统一中国。好多人疑惑当时宋朝在战败后残存的10万军队为什么不退守海南，而是全部选择跳海殉国呢?

其实主要原因有三点。第一，当时攻打宋朝的蒙古铁骑，在成吉思汗的指挥下攻无不克，战无不胜，几乎扫平整个欧亚，双方实力差距明显。第二，中华的文人历史向来讲究民族气节，不主张投降敌军。第三，当时的海南被认为是一片蛮夷之地，物资匮乏，是一片未开垦的原始森林，不适合移居。

如今崖山战争虽然已经成为过去，但是宋朝军民宁死不屈，拼死一战，以及战后与国同亡的精神还是震撼着世人，这样的气节值得后人铭记。

崖山之战中被丞相陆秀夫背着跳海而死的皇帝是?（　　）

A. 赵昺　　B. 赵显　　C. 赵昰

韩嘐，生卒年不详，字子耕，号萧闲，有《萧闲词》一卷，不传。

高阳台·除夜

［宋］韩 嘐

频听银签[1]，重燃绛蜡，年华衮衮[2]惊心。
饯旧迎新，能消几刻光阴。
老来可惯通宵饮，待不眠、还怕寒侵。
掩清尊。多谢梅花，伴我微吟。
邻娃已试春妆了，更蜂腰[3]簇翠，燕股横金。
勾引东风，也知芳思难禁。
朱颜那有年年好，逞艳游、赢取如今。
恣[4]登临。残雪楼台，迟日园林。

解读赏析

“感叹时光易逝，青春难再。”

这首词作于除夕夜期间，从内容上看这首词分为两部分。前一部分是感叹时光易逝，青春难再；后一部分则重燃志气，要趁时光正好去感受生活，享受生活。

除夕之夜，频频听到银签的声音，银签指的是古时一种计时器具，即更漏中的标签。暗示时间已经过去很久了，夜已至深。词人重新点燃红蜡烛，一个“重”字侧面体现时光不停流逝，美好年华像流水一样不断逝去，想来内心无比惊惧。“饯旧迎新，能消几刻光阴”，新的一年很快就到来了，年岁大了已经不习惯通宵畅饮，想守岁又怕寒冷入侵。这些都表现词人对自己年老体衰的慨叹，以及对年华易逝的感伤。“多谢梅花，伴我微吟”，表面上说梅花陪着诗人低吟倾诉，实际上反衬出词人独守除夕的孤独寂寞之感。后半部分由一个邻娃引起词人对生活的斗志和激情。邻娃已经开始试穿新衣，戴好美丽的头饰，对新的一年无比期待。“朱颜那有年年好，逞艳游、赢取如今”，人的容颜不可能年年都如此美好，正因如此我们更应该抓住当下静好时光去游玩享乐。恣意地去眺望登临，观赏那残雪未消的玉色楼台，游览那斜阳辉映的美丽园林，可见词人的心情也由低落变得乐观豁达些了。

①银签：指更漏。②衮衮：连续，此指时光匆匆。③蜂腰：与下句“燕股”都为“邻娃”的节日装饰，剪裁为蜂为燕以饰鬓。④恣（zì）：随意，无拘束。

除夕夜习俗

除夕，为岁末的最后一天夜晚。岁末的最后一天称为“岁除”，意为旧岁至此而除，另换新岁。除，即去除之意；夕，指夜晚。“除夕”是岁除之夜的意思，又称大年夜、除夕夜、除夜等，时值年尾的最后一个晚上。除夕是除旧布新、阖家团圆、祭祀祖先的日子，除夕自古就有祭祖、守岁、吃团圆饭、贴年红、挂灯笼等习俗，与清明节、七月半、重阳节是中国民间传统的祭祖大节。岁除之日，民间尤为重视，家家户户忙忙碌碌，清扫庭舍，除旧布新，张灯结彩，迎祖宗回家过年，并以年糕、三牲饭菜及三茶五酒奉祀。

古代计时器

该词中提到“银签”是古代计时的一种器具，古代还有其他计时工具。晷，又称“日规”，是最早的计时工具之一，日晷本义是指太阳的影子，故而它的计时原理也和太阳有关，通过太阳投影的移动方向来确定并划分时刻。圭表，是我国最古老的计时器，《周易》中就有记录，它的原理也和日晷一样，利用太阳射影来计时，日晷还是在它的基础上发展而来的。

神秘的韩疁

关于韩疁的信息资料如今收藏甚少，几乎很少有资料记录他的生平事迹。

如今收藏的他的诗集只有6篇。本诗是其中一首，另外5首分别是《浪淘沙 · 莫上玉楼看》《浪淘沙 · 丰乐楼》《长相思 · 郎恩深》《长相思 · 夜萧萧》《长相思 · 杜娘家》。该词《高阳台 · 除夜》是韩疁最具有代表价值的一首，此词当作于作者晚年时期的一个除夕。除夕之夜，守岁不眠，是一年中诸多庆贺活动中的一项重要内容，可一旦上了年纪，难免悲欢交集，万感俱生。这首词写的就是作者在除夕之夜的这种复杂心境。清代况周颐《蕙风词话》评：“此等词语浅情深，妙在字句之表，便觉刻意求工，是无端多费气力。”通览全词，上阙几乎令人担心只是伤感衰飒之常品，而一入下阙，则以邻娃为引，物境心怀，归于重拾青春，一片生机活力，才知寄希望于前程，理情肠于共勉，传为名篇，自非无故。虽然关于词人的消息较少，但是通过词的内容大概可以更进一步认识这位神秘的词人。

除夕是哪一年不再作为中国法定假日的？（　）

A.2007　B.2014　C.2015

杨基，元末明初诗人，有“五言射雕手”之称。

春　草

［明］杨　基

嫩绿柔香远更浓，春来无处不茸茸[①]。
六朝[②]旧恨斜阳里，南浦[③]新愁细雨中。
近水欲迷歌扇[④]绿，隔花偏衬舞裙红。
平川十里人归晚，无数牛羊一笛风。

“暖春时节，到处都是生机勃勃的景象。”

借景抒情，托物言志，是大多数诗人常用的含蓄表达方式。这首《春草》是诗人杨基在万物复苏的春天所作，看似简单直白，实则蕴藏着诗人对生命意义的哲思与感悟。

暖春时节，到处都是生机勃勃的景象，放眼望去皆是浓密的绿草，目之所及越远绿意越浓，此诗写于南京，而诗人杨基原籍嘉州（今四川乐山），面对眼前大好春光是不是也在默默思念着故乡的此刻又会是怎样一番美景呢？“六朝旧恨斜阳里”，斜阳中，诗人想起了六朝旧恨，斜阳暗含时光流逝、人事沧桑的悲凉之意，这一句是怀古。“南浦新愁细雨中”，这句是离别的伤感与惆怅，“南浦”是水滨的意思，指送别之处，绵绵细雨中又添一缕离别之愁。在这迷离的草色之中，诗人仿佛看到六朝中的歌舞升平，把绿草和野花看作当年的歌扇舞裙，现实情景与历史事物紧密联系，贯穿古今，吊古感伤之情油然而生，因此情由眼前的春草景象引出，这便是借物抒怀的含蓄表达。结尾两句“平川十里人归晚，无数牛羊一笛风”描绘了一幅祥和悠远的田园牧归图，平川十里，牧羊晚归，笛声悠扬，晚风习习，给人一种恬淡自然的舒适之感。这种无欲无求、静心感受万物的态度正是诗人所追求的理想生活。

① 茸茸：茂盛的样子。② 六朝：历史上吴、东晋、宋、齐、梁、陈皆建都于南京，因此称为六朝。③ 南浦：泛指水滨。后多指送别之处。④ 歌扇：唱歌时用的扇子。

异曲同工

颔联“六朝旧恨斜阳里，南浦新愁细雨中”，写出两种不同的愁滋味。上句由芳草斜阳想起六朝旧恨，与唐代诗人韦庄《台城》的名句“江雨霏霏江草齐，六朝如梦鸟空啼”有异曲同工之妙。下句由细雨绵绵和翠绿芳草中联想到当年南浦之别，前者吊古，后者伤别，触景生情，表达出对人生的感慨，立意恰与李白《忆秦娥》相同。

多情多意的“草”

众多诗歌作品中都用“草”作为意象。屈原用“香草”指代美好的品质。《楚辞·招隐士》中有“王孙游兮不归，春草生兮萋萋”，这里的草成为寄托离别情怀、怀人思绪的物象。“高梧月白绕非鹊，衰草寒露啼鸣蛩”，这里的草用来表达悲凉的情感。草在渲染悲哀气氛中的作用极强，因而在挽歌、怀古诗中，草几乎是不可缺少的。本诗中的草也是诗人怀古的寄托对象。

渐入佳境的杨诗

杨基以诗著称，亦兼工书画，尤善绘山水竹石。

他在元末时期的诗作，大多表现为维护元代统治立场，到了明代，多是眷怀元室的作品。他的作品风格大多不能摆脱元诗靡丽纤细的风习，尤其表现在无题、香奁这些诗体上，王世贞曾批评他的诗作颇伤“风雅”。

但他陆续所写的咏物诗仍有不少佳作出现。如《天平山中》的“细雨茸茸湿楝花，南风树树熟枇杷；徐行不记山深浅，一路莺啼送到家”。观察入微，描绘如画，诗人一路沉醉于花香鸟语之中的悠然自得心情跃然纸上。其他如《春草》《春暮西园杂兴》等诗，亦细腻自然，情景交融。其中名句如“六朝旧恨斜阳里，南浦新愁细雨中”“一树杨花三日雨，池塘春水绿萍多”等，向来为人所称颂。五律《岳阳楼》境界开阔，起结犹入神境，时人以此称杨基为“五言射雕手”。古风《挂剑台》写吴季子讲求信义的坦荡胸怀，形象鲜明，风格苍劲，语言俊爽峭拔，不同于他的其他近体诗风，是另开了一种新境界。

知识小问答

“吴中四杰”分别是指？（　　）

A. 杨基、高启、张羽、徐贲　　B. 杨基、高启、张羽、唐珙　　C. 杨基、徐贲、唐珙、高启

李白，唐代伟大的浪漫主义诗人，被后人誉为“诗仙”。

妾薄命

［唐］李　白

汉帝重阿娇，贮之黄金屋。
咳唾落九天，随风生珠玉。
宠极爱还歇，妒深情却疏。
长门一步地，不肯暂回车。
雨落不上天，水覆难再收。
君①情与妾②意，各自东西流。
昔日芙蓉花③，今成断根草④。
以色事他人，能得几时好。

“此处无理胜有理。”

李白的这首五言诗运用欲抑先扬和比兴的手法，生动形象地表现出陈阿娇从得宠到失宠的转变过程，诗中少有说理，却让人对“红颜薄命”一词感悟至深，可谓此处无理胜有理。

此诗开端写汉武帝宠爱阿娇的夸张程度，甚至“贮之黄金屋”，愿意为她铸造黄金屋来住，“咳唾落九天，随风生珠玉”，阿娇咳的唾沫掉下来，汉武帝都视之如珍贵的珠玉，这宠爱是何等夸张。前四句极力表现出汉武帝对阿娇的万般宠爱，而下句“宠极爱还歇”的笔锋一转，陈阿娇顿然失去盛宠，汉武帝对阿娇的感情逐渐淡薄停歇。前后形成强烈的对比，“长门一步地，不肯暂回车”，阿娇被贬长门后，即使与武帝的寝宫相距很近，武帝也不肯回车，在阿娇那里暂时停留。落下的雨无法再次回天，泼出去的水也难以收回，一切都回不去了，也正是暗示汉武帝与阿娇的感情再也难同昔日那般了，“君情与妾意，各自东西流”，二人的情感背道而驰，也不会有交集了。“昔日芙蓉花，今成断根草”，这句运用比兴的手法，把昔日受宠的阿娇比作荷花，如今被冷落成断根草一般可怜。最后结尾处点明诗旨“以色事他人，能得几时好”，靠红颜来博取宠爱是难以长久的，也正是对应了诗的题目，红颜薄命。

①君：指汉武帝。②妾：指阿娇。③芙蓉花：指荷花。④断根草：比喻失宠。

阿娇欲复宠

失宠后的阿娇不甘心，想要重新获得皇帝的宠爱，她曾重金聘请司马相如写《长门赋》，又曾用女巫楚服的法术“令上意回”。前者没有收到多大的效果，后者反因此得罪，后来成了“废皇后”，幽居于长门宫内，虽与皇帝相隔一步之远，但咫尺天涯，宫车不肯暂回。“雨落不上天”以下四句，用形象的比喻，极言“令上意回”之不可能，与《白头吟》所谓“东流不作西归水”“水再收岂满杯”的词旨相同。

红颜薄命

自古红颜多薄命，众多古文中皆有这一说法。如欧阳修《再和明妃曲》的“红颜胜人多薄命，莫怨春风当自嗟”；元洪希文《书美人图》的“可怜前代汗青史，薄命佳人类如此”；清曹雪芹《红楼梦》第四回中的“这正是梦幻情缘，恰遇见一对薄命儿女。”在古代，红颜薄命的故事数不胜数，实乃令人叹息。

李白搁笔

在黄鹤楼公园东边，有一亭名为“搁笔亭”，亭名取自“崔颢题诗李白搁笔”的一段佳话。唐代诗人崔颢登上黄鹤楼赏景写下一首千古流传的名作：“昔人已乘黄鹤去，此地空余黄鹤楼。黄鹤一去不复返，白云千载空悠悠。晴川历历汉阳树，芳草萋萋鹦鹉洲。日暮乡关何处是？烟波江上使人愁。”

后来李白也登上黄鹤楼，放眼楚天，胸襟开阔，诗兴大发，正要提笔写诗时，却见崔颢的诗，自愧不如，只好说：“一拳捶碎黄鹤楼，一脚踢翻鹦鹉洲。眼前有景道不得，崔颢题诗在上头。”便搁笔不写了。

有个少年丁十八，因此讥笑李白：“黄鹤楼依然无恙，你是捶不碎了的。”李白又作诗辩解：“我确实捶碎了，只因黄鹤仙人上天哭诉玉帝，才又重修黄鹤楼，让黄鹤仙人重归楼上。”实际上，李白热爱黄鹤楼到了无以复加的程度，他高亢激昂，连呼“一忝青云客，三登黄鹤楼”。

山川人文，相互倚重，崔颢题诗，李白搁笔，从此黄鹤楼之名更加显赫。

李白深受哪家思想影响？（　　）

A. 儒家　　B. 道家　　C. 墨家

程颢，北宋理学家、教育家，理学的奠基者，“洛学”代表人物。

秋日

［宋］程　颢

闲来无事不从容[①]，睡觉东窗日已红。
万物静观[②]皆自得，四时佳兴与人同。
道通[③]天地有形外，思入风云变态中。
富贵不淫[④]贫贱乐，男儿到此是豪雄。

“与世无争，安然自得。”

诗人程颢是北宋理学的奠基者，理学主张“存天理，灭人欲”，提倡发现探索万物的真理，尽量减少人的欲望。这首诗恰好把理学的思想主张呈现出来，给人一种与世无争、安然自得的情感享受。

首联“闲来无事不从容，睡觉东窗日已红”，闲散的时光中做事从容不迫，每每醒来太阳早已高高升起，多么舒适悠闲的生活状态。“万物静观皆可得”，静下心来观赏万物，你就能从中发现蕴藏其中的道理，但是纵观现实生活，有几人能真正静下心好好感受身边的事物呢？正是如此，更显出诗人这种悠然生活的难能可贵。“道通天地有形外，思入风云变态中。”道理贯通存于天地之间有形或者无形的事物中，思想渗透在自然的风云变化中。“富贵不淫贫贱乐”，富贵不骄奢淫逸，贫贱但是能保持快乐，安贫乐道，那么“男儿到此是豪雄”，这样的男儿便可以称作英雄豪杰了。人生苦短，快乐很难得却又很重要，能时常保持快乐的状态可谓是人生中一大幸事。与世无争，安贫乐道，保持一颗平常心便是这首诗所蕴含的思想态度。

①从容：不慌不忙。②静观：仔细观察。③通：通达。④淫：放纵。

程朱理学

程朱理学亦称程朱道学，是宋明理学的主要派别之一，也是理学各派中对后世影响最大的学派之一。理学的天理是道德神学，同时成为儒家神权和王权的合法性依据，其由北宋河南（今河南洛阳）人二程（程颢、程颐）兄弟开始创立，其间经过弟子杨时，再传罗从彦，三传李侗，到南宋朱熹集为大成。

凄美的秋

自古逢秋悲寂寥。如马致远的《秋思》中“枯藤老树昏鸦，小桥流水人家，古道西风瘦马。夕阳西下，断肠人在天涯”。萧瑟的秋景渲染了一种游子思乡的悲凉之感。又如《滕王阁序》中“落霞与孤鹜齐飞，秋水共长天一色”，以落霞、孤鹜、秋水和长天四个景象勾勒出一幅宁静致远的画面。杜牧的《山行》中“停车坐爱枫林晚，霜叶红于二月花”，也是侧面烘托秋的美，或许是秋的凄凉萧瑟成就了它不一样的美，抑或是它的凄本身就是一种别样的美。

县令程颢妙破讹诈

宋神宗熙宁（1068—1078）年间，担任监察御史的洛阳人程颢，在当山西晋城县令时，曾以寥寥数语破了一件讹诈案。

当时，有一个姓张的财主得急病死了，棺木埋葬后的第二天一早，有个老头来到他家门口，对着财主唯一的儿子说：“我是你父亲，现在我年纪大了，无依无靠，来和你一起生活。”接着，老头一五一十向财主的儿子说明来由。财主的儿子非常惊讶，于是拉着老头一起到了县府，请求县令判断。老头先说：“我是个郎中，因家中贫困，四处流浪，为人治病，一年中很少回家。妻子生下儿子，无力抚养只得狠狠心肠把儿子送给张财主。某年某月某日，由村上的李某抱去，邻居阿毛亲眼看见。”

“事隔那么多年，你怎能把事情说得这么详细呢？”老头说：“我是从远地方行医回村后才听说的，当时记在处方册的背后。”说着从怀里掏出处方册递给程颢，上面用毛笔写道：某年某月某日，某人把小儿抱走，给了张三翁。程颢问财主的儿子：“你今年多大岁数？”财主的儿子答道：“36岁。”程颢又问：“你父亲今年多大年纪？”“76岁！”程颢对老头说：“听见了吧，这人出生的时候，他父亲才40岁，这样的年纪，别人怎么会称作张三翁呢？”老头听罢，惊恐异常，承认了自己妄想讹诈财主家的钱物并夺人田地，才来冒认儿子的。

被学者称为“明道先生”的是？（　　）

A. 程颐　　B. 程颢　　C. 朱熹

秦韬玉，字中明，京兆（今陕西西安）人，唐代诗人，中和二年（882 年）特赐进士及第。

贫女

［唐］秦韬玉

蓬门[1]未识绮罗[2]香，拟托良媒益自伤。
谁爱风流高格调，共怜时世俭梳妆。
敢将十指夸针巧，不把双眉斗[3]画长。
苦恨年年压金线[4]，为他人作嫁衣裳。

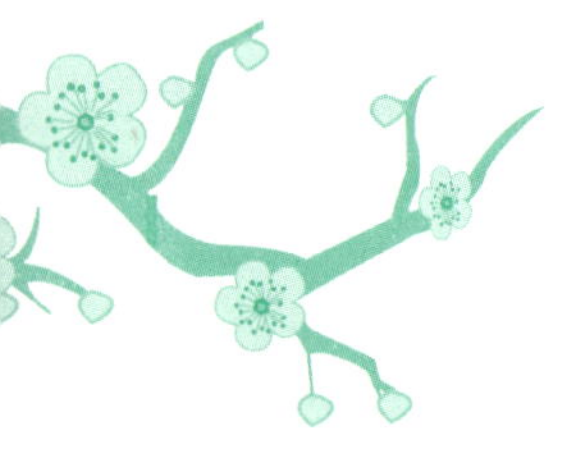

“此韬玉伤时未遇，托贫女以自况也。”

在《唐诗鼓吹注解大全》中，是这样评价这首诗的：“此韬玉伤时未遇，托贫女以自况也。”诗人虽题为《贫女》，实则在表达自己怀才不遇、寄人篱下的感恨。

首联从衣着写起，“蓬门”直接点明是贫苦人家，与标题相吻合。虽然是穷人，“未识绮罗香”，但到了待嫁的年纪，就该找个好人家呀！“益自伤”是更加悲伤的意思，原因不言而喻，既衬托出家境贫苦，又巧妙地表达了少女的内心世界。颔联从侧面反映了当时的时代，人们看中的不是“格调”，而是“梳妆”。在这句中仿佛看到作者本人，虽然自己有真才实学，但不得抱负。颈联是在表达贫女的志向，宁愿“夸针巧”，不要“双眉斗画长”。呼应上句的“高格调”，也是诗人品格的写照。尾联写天天都在压线刺绣，不停地为别人做出嫁的衣裳，与自己的处境形成鲜明的对比。

诗人刻画贫女形象，既没有凭借他物的衬托，也没有进行相貌衣物和神态举止的描摹，而是把她放在与社会环境的矛盾冲突中，通过独白揭示她内心深处的苦痛。全诗语言没有典故，完全出自贫家女儿的自然口语，毫无遮掩地倾诉心底，却有广泛而深刻的内涵以及浓厚的生活哲理。

① 蓬门：用蓬茅编扎的门，指穷人家。② 绮罗：华贵的丝织品或丝绸制品。③ 斗：比较，竞赛。④ 压金线：用金线绣花。“压”是刺绣的一种手法，这里是刺绣的意思。

唐朝时期丝绸可以随便穿吗

很多人以为有钱就可以随便穿丝绸，毕竟很多诗文中都将“绮罗”看作是富贵的象征。但在等级制度严格的唐朝，百姓是不能穿象征高等级的明黄、紫色、红色的衣服的，其中就包括丝绸。李渊在建国之初就规定：三品以上官员紫袍，佩金鱼袋；五品以上官员绯袍，佩银鱼袋；六品以下官员绿袍，无鱼袋。可见在古代有的面料和颜色，并不是有钱就能穿得了的。

唐朝人的眉毛

自古以来女人都是爱美的，画眉毛成为她们必不可少的功课，从诗中就能看出唐朝人也画眉毛。那么唐朝人喜欢什么样的眉毛呢？唐朝流行的眉毛主要有三种：一是柳叶眉，眉毛两头尖，呈柳叶形；二是阔眉，是较为粗阔浓重的一种眉妆的通称，多流行于盛唐时期，与丰腴的体形相衬；三是蛾翅眉，眉形极其短阔，末端上扬，看着像飞蛾的翅膀一样。安史之乱后，人们的审美心态亦发生极大的变化。细长的眉形取代了阔眉，成为流行的时尚眉形。

秦韬玉其人

历史上关于秦韬玉的记载比较少，连生卒年都是以“不详”出现的。其实他是宣宗至邵武年间的“芳林十哲”中的一“哲”，这说明他在当时的诗坛还是有相当的地位的。

秦韬玉是个有野心的人，但因自家门第不显赫，在宦官当道的年代想要出人头地就得有靠山，所以他找到了路岩这个靠山。路岩在当时是个了不起的人物，36岁就居相位了。但是秦韬玉最后不仅没从路岩那里得到提携，反而受到他的牵连而一度倒霉。路岩曾跟京兆尹杨损为宅地之事而有过纠纷，自此结下梁子。当路岩在与韦保衡的权位之争中失势后，杨损迅速升迁，并开始对攀附过路岩的秦韬玉进行打击报复。咸通十四年（873年），秦韬玉参加进士考试，在杨损的干预下，秦韬玉自然榜上无名。此后几年，秦韬玉在考场上一直处于孤助无援的境地，无缘榜单，他在苦闷之余，就写下《贫女》一诗。

后来秦韬玉又投靠了宦官田令孜，因表现出色逐渐受到赏识，后来也开始升官了，在尚书省任职，还掌管盐铁事务。黄巢的军队攻入长安后，秦韬玉随着唐僖宗的车驾到蜀中避难。中和二年（882年），僖宗专门下诏赠秦韬玉进士及第，编入春榜。被赠进士后，秦韬玉又很快被田令孜提拔为工部侍郎，之后的事就无从记载了。

“共怜时世俭梳妆”一句中的“俭”作“险”解，那么“俭梳妆”意为？（　）

A. 危险的打扮　　B. 奇形怪状的打扮　　C. 少见鲜有的打扮

本章知识小问答答案

第 139 页　正确答案：C. 天生我材必有用

第 141 页　正确答案：A. 巨鹿之战

第 143 页　正确答案：A. 宋仁宗赵祯

第 145 页　正确答案：C. 兼爱非攻

第 147 页　正确答案：C. 南宋

第 149 页　正确答案：C. 大漠孤烟直

第 151 页　正确答案：A. 风雅

第 153 页　正确答案：A.《练时日》《赤蛟》为送神曲

第 155 页　正确答案：C. 刘大櫆

第 157 页　正确答案：C. 天下兴亡，匹夫有责

第 159 页　正确答案：A. 赵昺

第 161 页　正确答案：B. 2014

第 163 页　正确答案：A. 杨基、高启、张羽、徐贲

第 165 页　正确答案：B. 道家

第 167 页　正确答案：B. 程颢

第 169 页　正确答案：B. 奇形怪状的打扮